obɑ WISSELCOLLECTIES

Terugbezorgen voor

WWW.OI

D1348706

Burhan Kavuncu'ya

zilha günü

YILDIZ RAMAZANOĞL

Bu kitap
Emine Eroğlu'nun yayın yönetmenliğinde,
Esma Ürkmez'in editörlüğünde
yayına hazırlandı.
Kapak tasarımı Ravza Kızıltuğ,
Mizanpajı Sibel Yalçın
tarafından yapıldı.
1. baskı olarak 2008 Ocak ayında yayımlandı.
Kitabın Uluslararası Seri Numarası
(ISBN) : 978-975-263-687-3

Baskı ve cilt:
Sistem Matbaacılık
Yılanlı Ayazma Sok. No: 8
Davutpaşa-Topkapı/İstanbul
Tel: (0212) 482 11 01

İrtibat : Alayköşkü Cad. No.: 11
Cağaloğlu / İstanbul
Yazışma : P.K. 50 Sirkeci / İstanb
Telefon : (0212) 511 24 24
Faks : (0212) 512 40 00

www.timas.com.tr
timas@timas.com.tr

TİMAŞ YAYINLARI

TİMAŞ YAYINLARI/1764
YILDIZ RAMAZANOĞLU KİTAPLIĞI/2

TİMAŞ YAYINLARI

zilha günü

YILDIZ RAMAZANOĞLU

TİMAŞ YAYINLARI
İSTANBUL 2008

YILDIZ RAMAZANOĞLU

*1958 Ankara doğumlu. Ankara Kız Lisesi'ni ve Hacettepe
Üniveristesi Eczacılık fakültesini bitirdi. Birçok süreli yayında
denemeler ve hikayeler yayınladı.*

Kitapları:

"Bir Dünyanın Kadınları" (1998)

"Osmanlıdan Cumhuriyete Kadının Tarihi Dönüşümü"- Edtörlük (2000)

"Derin Siyah" - Hikaye (TYB Hikaye ödülü, 2002)

"İkna Odası" - Roman (2004)

"İçimden Geçen Şehirler" - Deneme (2005)

"Kırmızı" - Hikaye (2006)

İçindekiler

GECE KUŞU

Babamın ölümüyle birlikte şehrimden ayrılıp İstanbul'a geleceğimi ve burada yalnız bir yaşam süreceğimi anlamıştım. Zavallı annemi öyle bir ablukaya aldım, hiç susmadan o kadar çok konuştum ki sonunda kabul etmekten başka çaresi kalmadı. Yılların anne kız deneyimiyle onu kolaylıkla alt edemeyeceğimi biliyordum tabii, bunca laf kalabalığının onu yıldırıp yenik düşüremeyeceğini de. Bildiğinden şaşmaz çünkü, ama kadere ne demeli, işte burada durmak lazım. Bir karambol. Bunu gerçekleştirmek hiç zor değildi benim için. Bir şey yapmak istiyorsam ben bile kendime engel olamam bunu beni tanıyan herkes bilir. Yine de anneme rağmen yola çıkmak, buhar gibi evimizi kuşatan dualarına ihtiyaç duymayacak kadar pervasızlık bana göre değildi. Cesaretle ileriye atılmaktan çok sadakatle bağlı olduğum ilkelere ihanet etmek olurdu annemi razı etmeden yaşamımın alacakaranlık yoluna çıkmak.

Annemin ağzından çıkan "peki madem çok istiyorsun" sözünün gökyüzünde parladığı, yıldızların güpegündüz evin penceresine toplaştığı an. Yolumu açacak çoban yıldızım parlıyor, göz kırpıyor. İkindi vakitleri annemin yorgun ve mukavemetsiz zamanlarıdır. Günün solgun ışıkları küpesine vurmuştu, onu bütün güzelliğiyle saraylı bir hanıma dönüştürerek. Beni sonuna kadar sabırla dinleyen annem, beklenmedik bir canlılıkla gözlerinden ateşli oklar fırlatarak son sözüm hayır dediğinde hemen konuyu soğutmaya ve dinlendirmeye karar vermiştim. Doğru söylüyordu annem, daha ben neydim ki canavarlarla dolu, ucu bucağı görünmeyen bir ormandan başka bir şey olmayan, orman kanunlarıyla iş gören o vahşi şehirde yutulmadan ayakta kalabileyim! İki gün konuyu hiç açmadan pusuya yattım. Üçüncü gün evde tansiyon düşüp ılıman bir hava oluşunca kaldığımız yerden devam etmek mümkündü çünkü. Her şeyden önce üniversiteyi bitirmiştim ve iki yabancı dili bülbül gibi olmasa da iş görecek kadar konuşup yazabiliyordum. Benim gibiler dünyanın neresine gitse ayakta dimdik durabilirdi, kendimi her şeyden ve herkesten koruyabilirdim. İyi bir iş de bulmuştum. Meleklere güvenmiyor muydu yoksa benim günde beş kez onları selamlayan annem. Sesim çatallanıyor. Sesin içine isyan zehri işliyor yavaştan. Babamın maceraları, çırpınışları ortada. İş meselesi öyle küçümsenecek, boş verilecek bir konu değil. Öğretmen maaşıyla bizi okutmasının zor olduğunu gören babacığım bir tanıdığın tavsiyesiyle su istasyonu açmıştı. İnsanların istedikleri su bir lira karşılığında evlerine kadar götürülecek, istasyon gece onikiye kadar açık kalacak ve sabah uykusuz erkenden okuldaki öğrencilerine koşacak. Hepimiz seferber olmuştuk ama dükkânın kirasını bile çıkaramamıştık. Ukrayna'dan işlenmemiş deri getirmek, onları burada işlemek, yıllarca ortaklarımızın aymazlıklarıyla boğuşmak ve daha nice iş tutma çabası bizi ailece yıpratmıştı. Yıllar boyu biriken paramızın hemen tamamını buralarda kaybetmiştik; sözünde durmayan, işten anlamayan hiçbir ticari ahlakı olmayan insanlara güvendiğimiz için. Ardından kitapevi girişimi, tekstil ortaklığı. Babacığımın anlamadan sadece bize daha iyi bir hayat sağlamak için atıldığı bünyemize uymayan bir yığın iş. Bütün bu isabetsiz iş maceraları, ardından babamızı tümden kaybetmek annemi ne kadar hırpalamış. Saçlarının bu kadar beyazladığını fark etmemiştim. Hep aynı birkaç elbiseyi giydiğini de. İçimi bir acıma kaplamıştı. Günün şu zeval vaktinde duasını alarak bu işi halletsem çok iyi olurdu. Ağlanmamış ağıtların mekanı gibi hep gözyaşı kıvamında bir yüz. Saçlarını parlak kumral bir renge boyasa, yaka kenarı bordürlerle çevrili leylak renkli saten elbisesini giyse arada bir. Hep beraber bir sinemaya gitsek. Sonra gece bastırınca her birimiz kendi yorganımızın içinde doyasıya ağlasak, bunu topluca yapmaktan kaçınarak. Aslında annem çok zeki bir kadındı ve küçük yaşlarımdan itibaren olacak olanı hissediyordu.

İkimiz de ortaokula geçtiğim sene yazdığım Türkçe ödevini dün gibi hatırlıyorduk mesela. Beyaz çizgili bir kağıda kurşun kalemle İstanbul'a gidip bu kocaman şehirde nasıl kaybolmak istediğimi, sonra yolumu bulmak için neler yapabileceğimi anlattığım serbest kompozisyon ödevini. Edebiyat öğretmenimizin yazımı öğretmenler odasında okuması yüzünden bütün sınıflar duymuş ve maceraperest ruhumdan haberdar olmayan kimse kalmamıştı. Okuldaki hizmetliler bile ne yapacaksın kız sen o kocaman şehirde kaybolup da diye sormadan edememişlerdi. Manidar bakışlar, el kol işaretleri, ıslığa benzer fısıltılar. Aynı okulda fizik öğretmeni olan babam yazımı okuyup gülmüştü masalsı anlatımıma, ama akşam anneme anlatırken, onun güzel yüzünün nasıl gölgelendiğini kirpiklerinin süpürge gibi öyle aşağı sarktığını

hatırlıyorum. Bu anı silmek için habire İstanbul'da çok emni-
yetli semtler olduğundan, oraya yerleşen arkadaşlarımın bü-
yük başarılar elde ettiklerinden, dev gibi plazalara yayılan
şirketlerdeki müthiş iş koşullarından, Avrupa'ya uzmanlık
için gönderilme imkanlarından, bu fırsatların burada asla
karşıma çıkmayacağından, hayatın benim hayatım olduğun-
dan, şundan bundan sesim çatallanarak, neredeyse birazdan
başlayacak hıçkırıkları bastırırcasına titreterek konuştukça...
Annemin ses tonu düştü. Liseye giden ikiz kız kardeşlerim
üniversite çağları gelince onları da yanıma alacağımı söyledi-
ğimden heyecan içinde kalmışlardı. Anacığım son hamlesini
yaptı. Çevremizden uzaklaşırsan nasıl sağlam bir evlilik ya-
pabilirsin, doğru insanlar seni nerede bulacak, erkekler bu
koca şehirde sana ne şekil yaklaşacak, işte benim esas endi-
şem bu. Kaybolup gitmenden hayatının kontrolden çıkma-
sından korkuyorum, sana güvenmediğimden değil der de-
mez, motor takmış gibi öyle bir hızla saniyede neredeyse yüz
vuruşluk heceleri dizmişim ki ben bile kendi ettiğime inana-
madım sonraları hatırladıkça. Neredeydi peki bu doğru in-
sanlar, şimdiye kadar neden çıkmamışlardı karşıma, ne yani
biri beni bulsun diye bana dar gelen bu orta ölçekli şehirde
bekleyecek miydim, buralarda beni anlayıp kıymet verecek
kim vardı ki, hiçbir toplumsal karşılığım olamazdı, akrabalar
arasındaki sıradan ilişkiler içinde boğuluyordum, eğer an-
nemse kızını azıcık tanıyorsa bunu fark etmesi gerekirdi. Bir
tek şu: Annemi sustururken kardeşlerimin gözündeki korku-
yu güvensizliği gücenmeyi hayranlığı içlerinin yerinden oy-
nadığını hepsini birden görebiliyordum. Yıllarca iletişim
okumuştum, dereceyle mezun olmuştum. Burada iletişim
sektöründe bir yıldır iş bulamadığım gibi bildiklerimi de
unutacağım bir durgunlukla kuşatıldığımı dost düşman

herkes görmüyor muydu! Biricik dayımın ve yengemin verdiği destek bizi göz hapsine almakla sınırlıydı. Babamız artık yok diye bütün uzak akrabalar da bizi yakın takibe almıştı. Bu durum çok sinirime dokunuyordu. Annem akacak kan damarda durmaz kabilinden git peki git bakalım dediğinde öyle sarılıp kaldık ne olacak şimdi diye. Bir anda şaştım kaldım anneme. Yıldızımın parladığı an evden kopma duygusuyla baş edemeyeceğim duygusu hücum etti. Annem ayağımın kaymasına, gezegenden düşmeme, bir boşluğa doğru yuvarlanıp gitmeme göz göre göre izin vermişti sanki. İçimi bir titreme aldı, ilk kez bedenimden dışarı taşıyordum, bu güne kadar bildiğim her köşesini tanıdığım yaşamımın uzağına. Annemin duayla dolu bedeni panikliyor, her yandan seğiriyordu. Ne de olsa karşılıklı yakın takip, göz hapsi, sıkı denetleme, koruma kollama dönemi kapanıyor, yepyeni bir tecrübe bekliyordu hepimizi.

İşlerim yaver gitti ve kolay oldu güvenli bir ev kiralamak. Memleketten sadece prenses başlıklı demir karyolamı getirttim. Bir de liseden kalma kitaplık raflarımı. Onların her tarafını yıllarca yazılarla doldurmuştum. "Unutulmaması gereken zamanlar" diye sıraladığım tarihlerin hepsinin karşısına gelen ama yazılmamış olan olaylar tamı tamına aklımdaydı. Bıçakla atılmış her bir çentik, ben onu görür görmez içimde kendi yolunu buluveriyordu. İsimlerin çoğu kolayca çözebildiğim şifrelerle doluydu. Paha biçilmez çok özel bir günlüktür benim kitap raflarımın içi dışı.

Her şey yolunda. Yalnızca bilgisayar masası almak başıma küçük bir iş açtı. Çekici bir satış olsun diye bir masa alana bir sandalye bedava veriyorlarmış. Sandalyenin rengi beyaz. Ben başka renk istedim. Yokmuş. Sadece beyaz seçeneği var. Peki sandalyeyi vermeseniz de fiyattan düşsek. Hayır burada mesele bir masaya bir sandalye vermekmiş. İstemiyorsam bırakabilirmişim ama para iadesi söz konusu değil. İyi madem dedim, onunla ne yapacağımı hiç kestiremeden. Nasıl olsa hak ettim bu kireç rengi oturağı, kullanmak için bir yolunu bulurum elbet.

Şu zamanda ev dizmek zordur cümlesinin bir hurafeden ibaret olduğunu kanıtlarcasına neredeyse bir günde her şeyi alıp dizdim evime. Kampanya broşürlerini toplayıp şöyle bir gözden geçirdikten sonra buzdolabı çamaşır makinası ve fırınlı ocak son derece uygun taksitlerle alınıp yerlerine konulmuşlardı bile. Pencerelerde ikili korniş vardı zaten. Perdeleri de annem bizim tanıdığımız bir perdeciye diktirip kargoyla bir günde yolladı. Evin anahtarını ev sahibinden aldığım gün bir arkadaşımın önerisiyle Eminönü'nün arka sokaklarındaki gizli deryalara dalmıştım bile. Hasır ve tahta eşya cenneti. Bambu masa ve sandalyeler aldığım için nakliye sözü veren ustaya elimde biriken bütün küçük parçaları da bırakmayı ihmal etmedim, bu şehirde nasıl davranıp nasıl hızla işlerini yoluna koyacağımı kavrayan akıllı biri olarak. Bir günde bitti bütün tefrişimiz desem kimse inanmaz.

İşlemeli paravanların evde ne kadar güzel bir hava estireceğini hayal ederek yürüyordum. Belli belirsiz de olsa içindeki Japon'a benzer kız silueti küçük evimdeki manevi havayı bozar mı. Asacağım tablolar, sevdiğim biblolar namazıma bir zarar verir mi gerçekten. Böyle şeyler düşünüyordum, akşamın alacakaranlığı beni korkutarak değil, asla, ama deli gibi heyecanlandırarak gemilerin dalgalanan denizin koşuşturan insanların martıların oltaların ucundaki solucanların üzerine inerken. Birden durdum, benimle kötülüğüne ilgilenen biri var mı diye beni saran bütün yönlere hızla göz attım. Kuzey güney doğu batı herkes kendi âleminde. Gündüzün işportacıları hızla toplanıp gitmiş. Gecenin işportacıları hazırlanmakta. Esmer adamlar. Her birinin gözlerinden birbirinden ayrılması ve deşifre edilmesi kolay olmayan tam yüz çeşit anlam fışkırıyordu. Ötekiler ne zaman çekilip gitmiş. Bu adamlar nasıl bir anda varoldular. Bu şehrin bir efsanesi, sırrı, esrarı, insanı içine çeken bir girdabı dehlizi varsa işte bu adamlar olmalıydı. Yerlere kalın naylonların büyük bir hırsla ve şevkle serilişini belli etmeden hayranlıkla izliyordum. Özbekler Ukraynalılar Kazaklar Türkler Kürtler tezgâh açmıştı ve herkes herkese bir şey satmaya çalışıyordu. Ekmek parası uğruna gözler kanlanmış, çakmaklar çakıyor. Bir kız elinde kocaman çiçek demetiyle korkutucu bir sırıtışla dimdik durmuş birini bekliyordu, bir yandan da gözleri yerde bir şey arar gibi bakınarak. Birden başını kaldırdı beni gördü, ilginç biriyle karşılaşmış yabancılığımı anlamış gibi manidar alaycı bir bakışla beni süzdü. Bu cüreti ona veren ne olabilir. Çok can sıkıcı. Hep sözü edilen, kadın avcısı kadınlardan biri olabilir mi. Şehrin bir yabancı için vehimleri çoğaltan ve imgeleri çarpıtan saatiydi. Sakin ve emin adımlarla bana doğru yürüyeceğini, bir şeyler söylemeye çalışacağını korkacağımı, bu yüzden ne diyeceğini anlamaya bile çalışmadan hızla uzaklaşacağımı düşündüm bir anda. O yerinden kıpırdamadan önce ben harekete geçtim, kulaklarımın hiçbir şey işitemeyecek kadar tuhaf bir doluluk hissine uğradığımı hatta çınlamaya başladığını duyumsayarak, arkama hiç dönüp bakmadan hızla geçip gittim yer tezgâhlarının önünden. Sonra birden durup kızın hâlâ bana bakıp bakmadığını kontrol etmek istedim.

Kaybolmuştu. İçimi bir sıkıntı kapladı. Kalbim büyümüş ve yerine sığamaz olmuş gibi endişeler sardı beni. Kimse yok.

Bana odaklanmış bir şey yok. Nasıl hızla toparlandım biri beni sarsmış gibi, elimde olmadan silkinerek, ışığa doğru, parlak şeylerden kaçamayarak yani, küçük bir sarsıntı geçiren ruhumla eğildim simli pullu eşarpların parıldadığı yere. Parlayan bir şeyden kaçmam neredeyse imkânsız. Ama burada sade bir desen yok. Her şey yorucu bir desen karmaşası çıkmazı içinde. İnsanların yüzlerinde sindirilmenin, göçün, içine atmanın ince kini var. Öte yandan küçük bir gülümsemeden nice umutlar yeşertecek yapışkan bir ruh hali. Yüzlerin çoğu sıcakta kavrulmuş ve güneşi iyice emmiş gibiydi. Adamlar doğrudan asfaltın içinden çıkıp gelmiş ve caddeye yeni bir düzen vermişlerdi. Çoğunun saçları yandan özenle ayrılıp ıslatılarak başlarına yapıştırılmış. Caddede adı konamayan bir adaletsizlik çaresiz bir dert, yukarıdan bir iktidar kol geziyordu. Felsefe hocamızın, böylesi bir iktidarın kullanılmasına imkân veren toplumsal yapının kendisinin ortadan kaldırılmasının gerektiğine dair cümleleri aklıma geliyordu.

Vapur iskelesinin önündeki kaldırıma siyah gözlü siyah ceketli bir adam siyah örtü üzerine irili ufaklı cisimler dizmiş satmak için. Bunlar çeşitli boylarda siyah atlardı. Şimdiye kadar dolaştığım tezgâhlarda taraklar, aynalar, çakmaklar, renk renk başörtüler, tişört ve biblolar hatta ünlü ressamların kopya tabloları ne ararsan rastlamıştım ama bu tezgâh farklıydı, kuyu gibi hem çekici hem ürkütücü. Orta boy ata gözüm takıldı, öyle mağrur bir duruşu vardı ki sanırsınız plastikten değil de nadide bir maddeden yapılmış. Kalıba döken usta ona üzerine binilemez, yanına fazla yaklaşılamaz bir duruş vermiş. Bütün gün böyle bir şeyle karşılaşma için dolaşıp kendimi paralamış olabilirdim. Evin bir köşesinde durması gereken tanımlanamaz bir şeydi. Biraz ötesinde şaha kalkmış siyah bir minik at vardı.

Bir rüzgâr çıktı, tezgâhlardaki eşarp ve penye gibi hafif şeyleri uçuracak gibi oldu. Yolda yürürken etekleri uçuşan kadınların kıkırdamaları, küçük şımarık çığlıkları duyuluyordu. Bir de tam şurada denizle asfaltı ayıran demir korkulukların hemen dibine atılmış masa ve sandalyelere kurulmuş balıklarını bekleyen şuh kadınlar. Gülüşmeleri bana hiç sahici görünmedi. Orta yaşlı bir kadın grubuydu. Yaşamdan keyif almak için son bir atılışla ve sadece öyle gerektiğini düşündükleri için gülüşüyorlar gibi geldi. Plastik sandalyeler karanlıkta bile çok kirli görünüyordu. Burayı belediyeden izin almadan korsan olarak işleten adamlar temizlik için bir sorumluluk duymazlardı çoğu zaman. Yan masaya da başka bir kadın grubu geldi. Kadınlar yaşamanın keyfini keşfe çıkmışlardı anlaşılan. Hadi bize çay getir dedi bir kadın genç oğlana biraz tahakküm biraz cilve ile. Dışarının diline tavrına ne kadar alışkın bıçkın bir kadın olduğunu gösterecek tarzda. Üslup sahibi bir kadın olduğu açıktı. Hemen hararetle konuşmaya başladılar. Topallayan sandalyelere bir köşesi kırık olan masaya aldırdıkları yoktu. İçlerinden biri denize karşı akşam duasını ediyor, elleriyle yüzünü sıvazlıyordu. Yan masaya oturup sinsice izledim kadın milletini. Mimikleri çok hoştu. Hep neşe içinde gülmek boyunlarının borcuydu sanki. Bu kadar mutlu olmalarını hayret ve biraz da hasetle izliyordum. Bu gamsız halleri halimi açık ediyordu. Daha bir ay bile olmamıştı evden uzaklaşalı ama neredeyse bütün neşemi yitirmiştim. Evde kocaları beklerken gerilimli asi bir hal yaşamak felekten bir saat çalmak kadınları nasıl kendinden geçiriyor. Kadın olmanın ne olduğunu çözememiştim tam olarak. Kitaplarla fazla haşır neşir olurken gerçek kadınlardan, kadınlık hallerinden uzak kalmış, bir şeyler kaçırmıştım haliyle. Cinsiyetimin gereğini tam olarak bilemiyor olabilirdim.

Yaşadığım kim bilir belki de cinsiyeti olmayan bir hayattı. Mesela bütün gün uzayan gölgeler dikkatimi çekmişti vitrinler yerine. Çoğuna basmak zorunda kalmıştım ürpererek. Hayat sahicisi ve gölgesiyle her yanıma dolmuştu. Kendimi çok yalnız hissetmiştim öte yandan. Hep kitap okuyarak nereye kadar. Yaşadığım hayat kimin hayatıydı ve de benim istediğim neydi tam olarak. Bunu bilebilmek için sonsuza kadar bekleyebilirdim. Bir gün zil çalacak ve bana en uygun düşen hayat başlayacak mıydı. Henüz beni dört gözle bekleyip duran, ama geciktiğimi yüzüme vurup tartışma yaratmaktan geri durmayacak, yemek yok mu diye surat asacak bir kocam olmamasına sevinmeli mi, yoksa da beni bekleyen yalnızlığa hayıflanmalı mıydım. Kocadan kocaman bir mutluluk yaratacak enerjiyi üretebileceğim biri çıkacak mıydı karşıma...

Okuduğum kitaptan başımı kaldırdığımda beni derin bir sevgiyle dikizlemekte olan birinin bakışlarıyla karşılaşma olarak görüyordum evlilik düşüncesinin dışarıdan içeriye doğru akışını. Mesela aşkının yoğunluğundan doğrudan kızın yüzüne bakamayıp gözlerini kaydıran biri. İçinde büyük bir şey saklıyor. Benim kararsız kaygılı küçük hislerimden bağımsız doruklarda gezen duygularla donanmış biri. Böyle biriyle karşılaştığım anda şarkı söyleyerek her gün bütün evi temizleyeceğimi rüyamda bile yemek öğrenmeye çalışacağımı hissediyordum. Yoksa da tek başına mı sevmeli. Müdanasız herkesten bağımsız. Karşılıksız ve olanaksız. İddiasız ve sonuca gitmeyen bir huzur içinde.

Deliliğin sınırlarında patinaj yaparak yürüdüğümün farkındaydım. Delilikten çok dünyayı taşıyamama taşma hali. Kendimi yapmamak için tuttuğum şey şuydu tam olarak: Geveze kadınların bir kollarıyla tutunup hatta iyice yaslanarak lafladıkları, balık tutmaya çalışan adamların bu duruma homurdandıkları yerden, fuzuli işgal yapan kadınların gözlerine sokarak ağlarını atmaya çalıştıkları demir parmaklıkların önünden, neler oluyor demeye kalmadan, herkesin şaşkın bakışları altında elbiselerimle denize atlamak, bir süre dipten yüzüp milletin yüreğini ağzına getirdikten sonra daha ötelerden yüzerek çıkmak. Yahut yeni kalkmış bir vapurun güvertesine tırmanmaya çalışmak var gücümle. Böyle bir taşkınlık için çok ilerlemişti yaşım. Kadınların dizlerinin dibinden çıkarsam kıyıya, selam deyip yanlarına oturmak, bir sandalye çekip cebren ortama eklenmek, sonra da her lafa maydanoz olmak hoş olurdu. Öyle durmuş yapışkan bir tavırla kadınlara bakmayı sürdürdüm kendimi yatıştırarak. Kadının teki kahkaha attıkça dudağındaki rujla kırmızıya boyanmış dişleri görünüyordu. Hemen hepsinin saçları sarının tonlarına boyanmıştı, çılgın sarışınlık mitimize uygun bir şekilde. Dip boyaları çoktan uçup gitmiş, siyahlar ortada. Yedikleri balık çok yağlı ve insanı kusturacak cinstendi ama zaman ve zemin bunu umursamalarını engelliyordu. Çatlak sandalyelerde güç bela buluşmuş, bir sürü ıvır zıvır alışverişi yapacağız derken eve geç kalmış, yine de kahramanca gündelik rutinlerine direnen kadınların altın saatleriydi bu vakitler. Hepsinin de evinde bundan çok daha iyi yemekler varken, gelen balığın berbatlığı bilinerekten ısrarla hadi balık ekmek yiyelim meselesi, tam bir sosyalleşme arzusunun dışa vurumuydu. Derin sohbetlere dalınacak, gelene geçene bakılacak, yorum yapılacak, tahmin yürütülecek ve toplumun nabzı tutulacak. Bir de çay söylemek lazım. Bize getirsene şurdan dört küçük çay. Küçük demezsen hemen fincanla getirirler o da iki misli fiyata diye fısıldadı biri. Öderler ödemesine de niye olsun ki. Şu tezgâhtaki süslü cep aynalarının fiyatına bir çay. Ayna mı çay mı. Akıl var mantık var. Evde demleyip içebilirler en âlâsını çay içmekse arzu edilen. Böyle bayat ta olmaz. Burada maksat denize karşı püfül püfül çay içiyormuş hissi yaşamak küçük bardaklarla. Masada bir şeyler olsun. Masanın köşesi kırık. Her gece toplanıp bir pikabın arkasına doğru oradan oraya atılmaktan kırılıyorlar. Müessese sahibinin umuru mu. Öyle cazibeli bir manzaraya korsan masa atıyor ki, insanlar ne bulsa oturur vallahi.

Evime doğru yol almanın ilk basamağı olarak tramvaya bindiğimde oturacak hiçbir yer bulamadım. O zaman anladım yorgunluğumu. Kimsenin yer vermeyeceği kadar gencim. Hoş artık yaşlılara da pek yer veren kalmadı. Tesadüfün böylesi diye düşünülebilir ama yan yana askılıkları tuttuğumuz genç adamı tanıdım. Bizim üniversitedendi. O da İstanbul'a gelmiş demek. Yanında bir kız. Ne çabuk. Kızı tepeden tırnağa incelemeden edemezdim. İnce yapılı ama bir duruş bozukluğu var. Genç kızlığa adım atarken göğüslerinden utanıp kambur duran kız sendromu. Üstüne yapışmış belli ki. Ucuz bilekliklerden takmış. Çantası iyi bir markadan ama. Arkası açık ayakkabılar golf pantolonlarla hiç gitmez. Güya tarz yapmış. Bu işlerden anlamadığı çok açık. Bir poşet dolusu kitap almış ünlü bir kitapçıdan. Kendimi kızın kıyafetine takılmış bir halde yakalamak canımı sıktı. Kusur ararken. Hasta gibiydim. İçimde depresyona doğru giden bir melankoli. İçimde çatapat gibi patlayan büyükşehir sevinci ve sarhoşluğuyla iç içe. Çok yakın duruyorlardı. Bir kıskançlık kapladı içimi. Doruklarmış. Ne gerek var büyük bir aşka, öyle yükseklerden aşağı inip de hayata cevap veremeyen saçmalıklara. İlgi ve sevgi istiyordum sadece. Herkese göstererek yürüyeceğim biri. Solgun yüzlü derin fikirlere dalmış bir kıza benziyordu. Kafasını kaldırıp da beni hiç görmeyen arkadaşımla birbirlerine dönük yüz yüze içten ve dayanışma içinde duruşları bende ağlama hissi yarattı. Beni hiç görmüyorlar bile. Kapıya ilerledim. Durağıma az kalmıştı. Fırın geçiyorduk. Resim gibi yeni çıkmış ekmekler. Üzerinden taze buharlar çıkarken sarıyor adam kâğıda ikişer ikişer hemen kuyruk olmuş müşterilere. Bir yandan da kasalara yerleştiriliyor. Kapımız kapalıyken nereden sızdı da doldu kokusu içeriye. Ekmeğin heykelini görmüştüm bir sergide. Metallerden yapılmış dev bir ekmek. İçi boş ve üzerinin kıtırları testere gibi. Şaşırtmıştı beni kıtırların bu kadar sivri ve testere gibi oluşu. Unla toprağın toprakla gözyaşının bulamacı ekmekler. Fırının kapısı birkaç saniye sonra nerelere savrulacağız hissi yarattı. Hızla geçiyordum kepenk kapatan dükkânların önünden. Son açık dükkânların önünde oyalanan, elbiselere bakan kadınlar. Bulantıyla karışık bir dehşete kapıldım. İçim dalgalanarak aşağıya iniyordu sanki. Kalabalık bir kız yurdunda bir aya yakın süren konukluğum daha dün sona ermişti. Kiraladığım evde bugün ilk gecem olacak. Yurtta şehrin nabzını yoklama günlerinden sonra artık gerçekten yalnızım. Yalnızlık beni bir günde yaşlandırabilir mi. Hem de neşeyle bir sürü eşya aldığım böyle coşkulu bir günün sonunda. Sürekli cesur davranmaya çalışarak şimdiden yorulmuştum doğrusu. Kendime hiçbir şeyden korkmadığımı söylemekten bitkin düşmüştüm.

Gözlerim kapanıyordu karyolanın üzerinde. Beyaz sandalye öyle girişte kaldı sabahtan beri. Mutfağa koymaya kalksam oraya uymaz. Sipariş verdiğim kavuniçi sandalyelerle ne ahengi. Ne olacak bu saçma, dengesiz, yakışıksız sandalye. Zihnim hızla bir adama atladı oradan. Yurttaki son gece kapladı zihnimi. Ne acayipti her şey. Burs isteyen kızlara istek formu dağıtılmadan önce bir konuşmacıyı dinleme zorunluluğu vardı. Gönüllü ve rızaya dayalı olarak dinletemediğimiz kişileri, başka şeyler için toplanan insanların önüne sürmek ne tuhaf. Gençleri popüler bir şarkıcı uğruna topladıktan sonra bir meydana, sürpriz konuk olarak çıkıp nutuk atmak. Burs almak için yüklenilecek sorumluluklara bu gibi adamları dinlemeye katlanmak da dâhildi anlaşılan. Tiz bir ses. Biz size hayatı öğretelim, bizim gibi insanlardan yararlanmaya bakın diyordu. Gözlerini pörtleterek. Prenses başlıklı yatağıma oturur oturmaz adamın hepimizi tarayarak inanılmaz mimiklerle konuşması geliyor hayalime. Kovaladıkça daha çok geliyor. Kim olduğunu iyice bir anlayabilmek için başka şehre göçmeyi göze almış, ilkeleri gelenekleri teamülleri olabildiğince esnetmiş dindar bir kız olarak böyle adamların beni algılayıp azaltmasını istemiyordum. Adamın bir bakışta anlarım diyen keskin bakışlarından sakınmak için yüzümü arkadaşlarımın sırtına gömdükçe gömdüm. Neyse artık düşünmek istemiyorum, eşyalara odaklanarak bitiririm şimdi bu karabasanı.

Öyle baskın biri ki zihnime sıvı gibi yayılmış. Bir üniversitede hoca. Aslen veteriner. Böcekler ve zararlılar uzmanı. Bir gazetede yazar. Bir dergide editör. Bir belediyede uzman, işadamları derneğinde danışman. Televizyonda programı var. Şiir yazıyor, edebiyat medeniyet mimari ondan soruluyor. Sarıyer sırtlarındaki sit alanından çıkarttığı arsasına yaptırdığı yirmi villanın inşasına bizzat vaziyet ediyor. Heykele merak sarmış gençlik yıllarında. Dinen haram olabilir diye kuşkuya kapılıp bırakmış. Rönesans adamı. Her işe bakıyor. Neredeyse aynı anda ilahiyatçı ressam yontucu müteahhit ve böcekbilimci olacağının canlı kanıtı. Ülkenin güzide bir evladı olarak yıllardır siyasetten uygun bir teklif bekliyor. Bu adamcağızın yarattığı dehşet ve kusma hissini üzerimden atamamışım. Yapılacak her şeyi yapmış. Önümüzü cam kırıklarıyla doldurmuş. Çayını şevkle -şehvetle mi-içmesi, biz öyle uykusuz bekleşirken pardon deyip başımızdan aşağı uzun uzun cep telefonuyla konuşması, şimdi bile kendimi toplamamı engelliyor. Öyle ki zarar vermiş. Cebi çalınca hepimiz birbirimize bakıp papatya falı açmıştık. Konuşur-konuşmaz diye. Adam yurt binasının en üst katındaki toplantı salonuna gelecek diye ara katlara asılan çamaşırları hızla toplayan kızların gülüşmelerini hayalleyerek gevşemeye çalışıyorum. Aralık kapılardan fışkıran renkleri kek kokularını dağınık odaları...

Çocuklar bizden yararlanmaya bakın siz. Bizden tüm deneyimlerimizi alın öğrenin. Hayatını bir görev bilinciyle yaşamış, her şeye bir gün gençlere anlatma ihtimalini göz ardı etmeden bakmış dokunmuş bir misyon adamı. Artık bize düşen onu sevmek dinlemek ve katlanmak.

Işığı söndürdüm. Gözlerimi sımsıkı kapattım. Rönesans adamını silmek için yorgana rulo gibi sarındım. Geç onu diye on kez tekrarladım. Geç bunları. Bugün ne yaptım. Ne yaptım ne ettim ben. Tam olarak nasıl geçirdim bu zorlu günü. Geceye kulak verdim.

Derin bir sessizlik vardı evde. Hareket eden hiçbir şey yoktu. Yeni hayat. Belleğimi boşaltmam ve yeniden kurmam gerekiyor. Yalnız yaşamanın bilgisi yok bende. Şimdi yatağımın içinde böyle otururken zihnim boş bir levha gibiydi. Karyolam gıcırdadı. Bir şeyler hatırlamaya başladım. Ayaklarından biri birkaç milim kısa olduğundan onun altına bir halıfleks parçası koymadıkça gıcırdar hep. Yatağımın en önemli parçası olan şey unutulmuş. Şu gazete parçasını birkaç kez katlayarak idare edebilirim. Bu sanki sıfırdan başlayacağımın göstergesi. Eski yaşamımdan buraya taşıdığım şey. Işığı söndüremiyordum korkudan. Suskunluk ve şaşkınlık içinde dolaşıp durdum bütün gün. Kimse beni tanımıyor. Işık sönünce üzerime siyah bir örtü serilmiş gibi iyice kaybolacağım. Işık varken adımı düşündüm. Biri bana seslenene kadar hatırlayamam endişesiyle iki kez seslice söyledim. Kendime seslendim. Orada mıyım, karyolanın üzerinde.

Beni harekete geçiren o ilk hareketi, coşkuyu hatırlamak ve taze tutmak birinci görevim kendime karşı. Neden geldim buralara. Ne uğruna.

Varlığımı tamamen kuşatan annemin sevgi seli, kendi üzerime düşünmemi engelleyen kalabalık duygular bütünüyle çekilip gitmiyordu ne bedenimden ne ne ruhumdan. Çok istediğim gibi tek ve bireysel varlığımı bütün çıplaklığıyla hissetmemi derin ve kuşatıcı bellek engelliyordu, her yerime yapıştırıyordu; beklentinin seslerini, hakkımda beslenen umutları, vaadlerimi, beni özleyen arayan pırıltılı gözleri...

Peki bu şehirde tutunmaya dair iddialarımın buharlaşıp uçup gitmesine izin verecek miydim.

Hatırlama anı. Ama neyi. Annemin güç veren, beni arkamdan rüzgâr gibi itekleyen gücünü. Tam böyle olmayabilir. Belki de hep engel olmuştur, hep yoluma taş dizmiştir, daraltmıştır içimi. Ama şimdi yalnız insanın ilk savunmasız ve zayıf günü adına onu itekleyen rüzgârım olarak görüyordum. Yanlış olabilirdi ama ben öyle hatırlıyordum. Kendime yepyeni bir geçmiş icad ediyordum istemsiz olarak.

Geleceğe atılmadan geçmişten güç almak gerek. Geçmişe dair ayrıntılar birden karardığında yaratıcı muhayyile dolduruverirdi boşlukları. Gece üzerime kapanıyor. Gündüz onu kovalıyor. Kaşları çatık ama umut dolu bir uyku olacak bu gece benim uykum.

Karamsar anımda geçmişime kara çalmak istemiyorum. Beni buraya getiren şey kendimi uçurma isteği. Şöyle dedim anneme yola çıkmadan. İstanbul'a gidip ait olduğum medeniyetin bütün tezahürlerini iyice bir algılamam lazım. Kendini fazla Batılı hisseden bir kız olarak Doğu'dan ne kalmış içimizde anlamak istiyorum. Daha ilk günden hissediyorum ki bunun için gözlerini kapatıp içe doğru biraz kulak vermek yeterli ve bunun mekânı yok. Fakat kendime ait ilk bilgilere burada ulaşacağımı da duyumsuyorum. Hemen geri dönersem bir daha ayağa kalkabilir miyim. Metanetim hemen yarın yitip gider mi.

Hiç beklemediğim puslu hayaller uçuşuyor. Ruhum uçucu hafif. Ana sınıfından öğretmenimin öfke ve bezginlik dolu bakışı. Aslında arkadaşımla konuşup şakalaşırken öğretmenimin cümleleri şimşek gibi içime dolmaya devam ediyordu. Hem çene çalmayı hem dersi anlamayı beceriyordum pekâlâ. Yakamdan söz ediyordum. Boynumu kesiyor, öyle kolalanmış ki. Sonra yeni delinen kulağımdaki küpenin açtığı yarayı gösteriyordum benim gibi küçük bir kıza. Saçımın hızla çekilişi. Bellek bazı anıları silmemiş, böyle kuytu saatler için saklamış. Emanet edilen bellek. Bu yaka meselesini kaç kez söylemiştim anneme. Küçük kardeşlerimin yakası kesse iş değişirdi sanki, daha çok acırdı kalbi annemin. Yaşantıya dair küçük parçacıklar geldi, kırıntılar yığıldı. Kırıntıları hatırlayarak kendimi savunmak istemem. İri külçeler sonra gelecek, bunu hissediyordum.

Üniversitedeyken bir gün sınavda soruları cevapladığım kâğıtları sıraların altından arkadaşlarıma dağıttığım gün geldi hayalime. Asistanların göz açtırmaması yüzünden hiçbirini geri alamamıştım. Disipline sevk edilmeden bütünlemeye kaldığıma şükretmeliydim. Arkadaşlarımın görüşü buydu. Geçersin eylülde dert etme demişlerdi umursamaz tavırlarla. Geçmiştim nitekim. Fakat bir zedelenme olmuş içimde.

Geçmişime bakınca işte evlendiğim yıl, on yıl çalıştığım şube, ilk çocuğumu doğurduğum gün gibi önemli uzun periyodlar yok hayatımda. Bütün tarihim ilkokul lise ve üniversite yılları. Bunlar o kadar da anlamlı değildi ve hayata atılmış gibi görülmemiştim hiçbir zaman. Fakat kâğıtları sıranın altından arkadaşlarıma verdiğim ve bir daha asla toplayamadığım sınav, tarihimin kilometre taşlarından biri olmuştu. Hayatım böyle sürüp gidecek miydi acaba. Toparlayamadan. Yaşamdan ders çıkaran akıllı biri değildim. Fakat sorulsa ders çıkarmışım, pek akıllı uslu biriymişim gibi büyük açıklamalar icad etmekten geri durmuyordum. Nedense bunu hep gerekli görürüm.

Ne yaptım ben Eminönü'nde. Arka sokaklara daldım, bir sürü hasır satın aldım. Adamlar ne çok ilgilendi. Ne çok incelediler tepeden tırnağa. Adresime yollar mısınız hepsini birden dedim en baba ruhlu olanına. Adres neresi, adam binbir soruyla gözlerimin içine bakıyor. Evet adres. Beni bir korku sardı. Arkadaşımın annesinin evini vereyim. Oradan toparlarım bir şekilde. Hemen almam lazım tabii. İnsanları bir dakika bile oyalayamazsın, sıkıntı veremezsin bu şehirde, bu çok açık. Zamanın ruhu tam bu. Sorgu sual. Ne işin var tek başına bir evde, bu da nereden çıktı. Yurtla anlaşıp orada kalsaydın selametle. Rahmetli babanız hayatta olsaydı razı olur muydu bakalım. Şey, ben, hem çalışıp hem mastır yapacağım teyzeciğim, bu durumda yurt beni kabul eder mi, ben bu kalabalık ortama katlanabilir miyim. Bu kadar yıpranmaya, gurbette sürünmeye değer mi peki evladım bu işler. Değer, değmez, değer, değmez.

Sonra hayal meyal akşamki tablacılar geldi gözlerimin önüne. İşleri bitmiş. Daha meyvalar olduğu gibi duruyor. Devrilesiye itekliyorlar tekerlekleri. Devrilmez onlar, kurt gibi bilirler bu işleri. Adamın yanında çocuğu. Karanlık da ne karanlık. Çocuğun gözleri parıldıyor çevrilen bıçak gibi. Çocuğun boyu tablayla aynı. Alnı biraz geçmiş gerçi. Etrafı görmek için ayaklarının ucunda yükselerek koşuyor. Tablanın tutma demirine bir yapışmış. Gözlerine baksan büyük adam sanki. Kaplan gibi parlıyor. Bakın siz koşturuyorsunuz ben keyfe keder ev diziyorum demem doğru olmaz. Lokmalar boğazıma filan dizilmez, kusura bakmayın. Ben de çalışıyorum ölesiye. Ders ve iş. İnsanlıktan çıktım ve evi biraz dizerek tekrar insan sınıfına dâhilmiş gibi hissedebilirim kendimi belki. Evet, hasırlar aldım. Masa sandalye. Evim sokak gibi mi olsa. Bir de sokak lambası. Gelenler ne yapacak. Ayakkabılar çıkarılsın mı. Sokak gibi ama sokak değil sonuçta. Namaz kılınacak, ayakkabıyla giriş olmaz. Herkes çoraplarla basacak. Bu da beni deli eder ya neyse. Kedi köpek bibloları. Sanal bir sokak. Bir de devasa ağaç. Ağacın etrafına dökülen sararmış yaprakları hiçbir zaman toplamayacağıma ant içerim. Atlarımı kaloriferin üzerindeki mermere mi koysam yere mi. İki siyah arap atı. Çok güçlü çağrışımlarla üzerime doğru geliyorlar, aşkın süvariler geziniyor evin içinde. Öyle olsun bu karanlık gecede. Büyük at gururla poz veriyor, kendine yönelmiş. Küçük olan şaha kalkmış ona doğru. Değmeden duruyor. Sonra değişiyor konumları. Aşkın halleri. Bulunsun hayatımda maketleri. Yalnız olunca, gece olunca nasıl da nesnelerin büyüleyici yanı açığa çıkıyor. Her şey kabuğundan çıkıp başka bir şeye, yara gibi çıplak ve sulu bir şeye dönüşüyor.

Rönesans adamı diyor ki: Hepinizin gözleri parlıyor. Hayat dolusunuz. En iyi zamanınız. Hepinizi iyi gördüm. Aslında iyi bir adam. Aslında öyle kötü bir akım geçmemişti içinden bana doğru. Ama doğru yerde doğru zamanda karşılaşmadık. Hepimizi iyi görüyorsunuz ya sizin kendinizden başkasını gördüğünüz yoktu esasen. Hele de beni görmeniz imkansız. Çünkü arkadaşımın başı geliyor gövdemin önüne ve sadece küçük yeşil bir omuz parçası bana dair görebildiğiniz. Triko parçası. Belki biraz da baş parçası ama göz yok içinde. Başımı görüyor olabilirsiniz ama gözsüz yerinden. Göz olmayan kısımları görmek görme sayılmaz. Böyle adamların gözünde başkasını görmeyi engelleyen bir katarakt var. Ötekinin gözlerinden çıkan ışık optik merkezdeki bozukluk yüzünden ters görüntüyü düzeltemeden bırakır. Geri döner ışık başarısızlıkla. Bir salon dolusu uykusu gelmiş kız, serseriler gizli müptezeller aymazlar ve feleksizleriz sanki. Adam bizi görmeye çalıştıkça görünmemek için hacmimizi küçülte küçülte... Uyku bastırıyor şimdi karyolamın içinde, dizlerim bükülü. Bin şükür. Adam nihayet gitti zihnimden.

Küçük evim güzel de iş yerine biraz uzak. Hava kararmış olacak eve dönerken. Ezanı duyan börtü böcek yuvasına çekilmiş olacak.

Dolmuş şoförü mezarlıklarda inecek var mı diye sorduğunda evet derim ben de. Aslında durağın adı Namazgah ama rampadan yukarısı mezarlık diye herkes bu şekilde kullanmış. Mezarlık evimden epeyce uzakta. Yani aramızda birkaç sokak var. Gözden uzak ve ağaçlarla kaplı olduğundan ilk bakışta hayal meyal görünüyor. Derinlere saldıkları kökleriyle her şeyden haberdar olan mezarlık ağaçları öteki ağaçlara hiç benzemiyor gibi geliyor bana. Ölmenin sessiz tanıkları. Neyse uzun mezarlık yolu arkadaşlarımı ürkütebilir. En iyisi bir durak sonra inip üst geçitten çıksınlar, neşeli bir sokaktan gelsinler bana. Burada da tinerci ve hırsız gençlerle karşılaşma riski var. Ölülerin ve dirilerin tasallutu arasında bir tercih yapmak lazım. Gerçi tüneli unuttum. Bir de alt geçitten geçip tabii ne hesabına iş gördüğü bilinmeyen bir sürü dilenciyi geçmeyi göze alabilirsek doğru bizim süpermarketin önüne çıkılabilir. Her yer ışıl ışıl. O zaman da hatırı sayılır uzunlukta bir yürüme yolu var. Tek olduğum zamanlar mezarlık yolu iyidir, yatıştırıyor beni ölü canlar. Bu da tamam, karara bağlandı. Eşyaların bir kısmı yarın gelecek. Nedense ilk günümde bu yarı çıplak ve eşyasız evde beni bir korku almıştı. Mutfağa kadar güçlükle ve dualarla gittiğimi itiraf etmek zorundayım. Ne de olsa alt kattayım. Pencerem demirli de olsa sokakta. Konserve fasulye yanında yoğurt. Ne alaka. Öyle işte. Maksat ayakta kalmak. Şimdiden kötü bir beslenme felsefesi geliştirmiştim. Neyin karşısında yenecek. Televizyon yok daha. Olsa mı olmasa mı. Radyo severim ben, ama daha o da yok. Müzik seti filan hak getire. Loştu evim. Bir sürü mum yakmıştım. Vakit bulunca dinen sakıncalı bir tarafı var mı diye araştırmaya çalışırım. Önce yap sonra araştır. Hız bunu gerektiriyor. Gazetede cinayet gibi kaza. Yan sütunda yirmi günlük bebeğini susmadığı için duvara çarparak öldüren babanın suratı. Evde çıt yok. Bu apartmanda hiç gürültü yok mu. Sessizliğin içinde garip bir hisle arkamı döndüm. Minicik bir hamam böceği. Onun hareketlerini izlemeye başladım. Kaçıp kayboldu. Gözümü kırpmadan duvarın her santimini tarıyordum gözlerimle. Her köşede bir deve dönüştü. Mağlubiyetimi açığa çıkaran, ilk günden başarısızlığımı yüzüme vuran haşere.

Çığlığıma koşup onu hemen öldürecek ya da alıp atacak bir adam lazım. Kafka'nın böceğe dönüşen Gregor Samsa'sına duyduğum derin şefkatin bir balondan ibaret olduğu, kitabın kapağını kapatmamla beraber uçup gittiği besbelliydi. Hatta onu okumuş olmak, bu öyküden haberdar olmak hayatımı mahvedebilir, tırnaklarımla kurmaya çalıştığım küçük hayatımı çekilmez bir çileye dönüştürebilirdi. Sabah uyandığımda başka bir şeye dönüşme ihtimali her yanıma değiyordu uykuyla uyanıklık arasında. Kaçıp kaybolan böcekle ilgili muhayyilemin durdurulamayan akışı, onu ezmem gerektiği halde bunu asla yapamayacağımın bilinci, onun gözleriyle dünyaya bakma zorunluluğu delirtebilirdi beni bu gece.

Akış akış. Caddeyi geçiyorum baştanbaşa. Nereye gidiyorum. Eve. Evde kimse yok. Sokağıma sapıyorum. Apartman. Anahtar. Tutukluk yapıyor. Ben oturuyorum gece kuşu gibi sabaha kadar. Cevşen okuyorum. Birazdan kulağıma ezan okunacak, ismim söylenecek bir kez daha. Bu sandalye promosyon. Hadi bakalım şimdi. Hiçbir yere uymadı. Buna ne dersin. Gözüm açıkken ve kapalıyken aynı netlikte kapının önünde hemen girişteki sahanlıkta Godot'yu bekler gibi teyakkuz halinde duruyor.

TEYZEMİN AYNASIZ GÜNÜ

Korintos'da bir genç kız yaşarmış; babası çömlekçiymiş, adı da Butades'miş. Güzel kız günün birinde sevdiği tarafından terk edilmiş. Delikanlı yabancı diyarlara gidecekmiş. Belki de savaşa gidiyormuş ama masalda bu söylenmiyor. Umutsuzluğa kapılmışken kızın aklına birden, kuşkusuz bir daha hiç göremeyeceği yüzü feneriyle aydınlatmak gelmiş. Genç adamın profili evin duvarında belirince, kız babasından profilin çevre çizgileri boyunca duvara biraz kil vurmasını istemiş. Sonra Butades nesneyi öbür çanak çömlekle birlikte pişirmiş. Delikanlı oradan ayrıldığında bu kilden portre genç kızda ondan geriye kalan tek şey olmuş. Bir gölgenin gölgesi, aşkın iziymiş. İstediğin kadar terket beni, görüntün bende kalacak, senin aşkından, benim de belleğimden daha sadık... Yüzün Romanı / Nicole Avril

Çocukluğumun en gizli sırlarından birini açmak istiyorum size. Teyzemin aynanın karşısında durup öyle kalmasıyla başlıyor hafızamdaki tuhaf olay. Hafif yan dönmüştü nedense. Sağ omzunun üzerinden, kendini tamamen işine vermiş olarak vecd içinde bakıyordu suretine. Elinde tepsiyle misafirlerle dolu salona girmeden önce mutad bir kaçamak bakış değildi. Yüzünü sevecenliğin ağır bastığı bir kuşkuyla, hatta derin bir ilgi ve merakla seyrediyordu. Gözlerini sevimlice kısarak en manalı görüntüsünü bulmak istiyor, kendisine mutmain bir hava vermeye çalışıyordu herhalde. Olayların akışı içinde varlığına en uygun rolün ne olduğunu keşfetme çabası mıydı bu haller, yoksa da fırtınalarını gizleme alıştırmaları mı. Gözyaşlarına söz geçirmek istiyordu belki de. Yengenin sesi gelmişti içerden, biraz fısıldar gibi, ama öyle güçlü üflüyordu ki lafları evin içine, bütün tahtalar görünmez bir şekilde titremiştir o an eminim bundan.

"Kaymakamın hanımı burun operasyonlarında başarı oranının gittikçe arttığını söylüyor, yirmisini geçtiğine göre artık kararsızlığın lüzumu yok".

Bunu söylerken bir yandan da çok ince bir iş yapıyordu Yenge. Parmaklarındaki mahareti dilim tutulmuş vaziyette izliyordum. İlkin kutuya bayıldım. Hiç böyle bir kutu görmemiştim daha önce. Gümüş üstüne silme nakış. Kutunun üzerinde Allah sizi inandırsın bir milim boş yer yok. Kuşlara ağaçlara dalda meyvelere varıncaya kadar her şey böyle mi incelikle işlenir. Tabakanın kapağının çıt diye açılışını, Yenge'nin bembeyaz incecik bir kâğıttan yapılma sigara yaprağını, diline değdirip nemlendirdiği orta parmağıyla kelebek dokunuşu gibi zarafetle alışını, sonra içine değerli az bulunur bir kimya gibi muamele gören tütünün ihtimamla yol gibi serilişini, sigaranın büyük bir saygıyla sarılışını, bu esnada ortaya yayılan o acayip kokuyu, kâğıdın son ucunu diliyle hafifçe ıslatıp ruloyu yapıştırmasını, benim derin bir hayranlıkla onu izleyişimi görmeniz lazımdı. Filmlerde görülecek bir karizması var Yenge'nin. Süslü bir çakmakla sigarasını yakınca ortalığa yayılan kokunun herkesi ne kadar etkilediğini hatırlıyorum. Demek böyle başlıyor Yenge'nin tartışılmaz saygınlığı, elden ele dilden dile yayılan tiryakilik.

Yenge'nin yakınına oturup dumanı kontrollü bir şekilde salmasını seyretmiştim uzun zaman. Dumanla baş etme tarzını iyice incelemiştim. Onun kadınsılıktan uzak kadınlığını inşa eden önemli bir şeydi bu. Ben zayıf ve sessiz bir kadın olmak istemediğime o zaman karar verdim. Aslında sanırım erkekle kadın arası bir şey olmak istiyordum. Yengenin sigarayı ağızlığa takmasını, hafif hafif çevirerek yerleştirmesini, elini yana doğru açıp dumanı üflerken gözlerini biraz kısmasını sevmiştim. Annemin ağlaması, durmadan burnunu silmesi canımı sıkıyordu. Şöyle bir sigara sarıp başını geriye atsa ya. Külünü zarifçe küllüğün içine düşürse. Sanki büyük şehirden biz gelmedik Yenge geldi.

Ailede elbette birçok yengeler vardı, Feriha yenge, Ayten yenge, Zerrin yenge... Fakat "yenge" denildiğinde annemin amcasının hanımı yani anneannemin eltisi akla gelirdi ilkin. Ailenin en yaşlı ve en güçlü kadın profiliydi. Annemin ailesi üzerinde çok etkindi. Vakti zamanında çok güzel bir kadınmış. Zekâyla da birleşince bu durum ona büyük bir iktidar sağlamış. Topraktan nakıştan dikişten mevsimden hayalden kaderden anlar, büyük şehirler gezmiş görmüş biridir, çok iyi fal bakar, birçok konuda görüşlerine başvurulur. Küçük ölçekli bu şirin şehrin bütün büyük ölçekli işleri ondan sorulur. Yeni vali mi tayin olmuş hanımını Yenge ağırlar, liseye tayin olan öğretmenlere o sahip çıkar. Evlenemeyen genç kızlar onu hoş tutmak zorundadır çünkü uygun delikanlıların adresi onda bulunur. Bunun gibi birçok şey. Teyzemin burun ameliyatı olması gerektiğine de dedemi ikna etmişti anlaşılan. Teyzem daha on sekizinde onun boy aynasında görüldükten sonra. Evinin salonunda bir ayna vardı. Ayaklı oval kocaman bir boy aynası. Çerçevesi saf cevizden. İstanbul'da bir antikacıdan alıp getirdiği söylenir. Eve gelip giden kadınlar burada boylarının ölçüsünü alırlarmış daha çok. Yenge'nin İstanbul seyahatini anlatırken binbir gece masallarındaki Şehrazat misali lafı uzattıkça uzattığını hatırlıyorum. Sanki biz o şehirde yaşamıyoruz da, hiç bilmediğimiz bambaşka diyarlardan söz ediyor. Bir seferinde annemin amcası dükkânı için mal almaya gittiğinde onu da götürmüş, denize karşı bir otelde kalmışlar artık neresiyse. Hizmet eden kızların hepsi de fındık burunlu, küheylan gibi uzun boyluymuş.

Hayran kalmış Yenge. O üç altın günü yıllarca anlatmakla bitirememiş. Anlatmaya başlıyor yine.

Yenge'nin sesi evin her yerini dolduruyor hepimizi oyalıyordu ama ben anneannemin ölmesine hiç alışamamıştım. İnce yapılı küçük kemikli zarif bir kadın olan anneannemi tekrar görmek ve onu sıkıca tutmak istiyordum.

Anneannemin ölümünün üzerinden sadece bir ay geçmişti ama dedikodular ayyuka çıkmıştı. Dedemin tekrar evleneceği haberleri beni kahrediyordu. Tek bekar çocuk olan teyzeme sahip çıkmalı, mutlu bir yuva kurması için kolları sıvamalıydık. Fakat bunun olabilmesi için kemikli burnunun ameliyatla düzeltilmesi şarttı. Hissedebildiğim kadarıyla biraz da bunun için buradaydık, onu operasyon için götürmeye gelmiştik. Anneannemin hayali daha taptaze ortada gezerken, neredeyse eteklerinin hışırtısı duyulup bakışları her yere sinmişken neler konuşuluyordu böyle teyzem ve dedem hakkında. Yetişkin insanların acımasız dünyasıyla ilk kez bu kadar yakından karşılaşıyordum ve içimde büyüyüp de bu insanlara katılmak için zerre kadar heves kalmamıştı.

Anneannemin yası tutuluyordu güya. Dedemi teselli etmek şöyle dursun, evleneceği dedikoduları yüzünden ona düşman kesilmiştim. Çünkü o anneannemin yanında dolaşan hayaliyle birlikte anlamlıydı benim için. Tek başına onu bir yere koymam imkansızdı. Dedemi bu şehirde ikinci görüşümdü. Buraya çok yakışıyordu her hali, yolda yürürken esnafla selamlaşması, ayağını biraz sürümesi, pantolonunun kılıç gibi izine özen göstermesi, herkesin her halini bilip ona göre hatır sorması bana güven verirdi. Annem öteki iki kardeşimi İstanbul'da bir akrabamıza bırakırken, beni sadece en küçük olduğum için değil aynı zamanda dedesine ve ninesine çok düşkün bir çocuk olduğum için de yanına almak zorunda kalmıştı. Şimdi bir ay geçmişti acımızın üzerinden. Ölümü algılamakta ve tam olarak ne kaybettiğimi anlamakta zorlanıyordum. Hatırlamaya çalışıyordum anneannemi her gece yatağa girince, gözlerimi sımsıkı kapatıp. Merhamet dolu bir gülümseme, kaygılı bakışlar, eteğin dalgalanışı, dizinde konuşmaları dinleyerek uyumam, annemin beni yatak odasına doğru kovalamasına karşı çıkışı, üzerimi örtmesi, saçımı örmesi, yemeğin tuzuna bakmasındaki incelik. Dedemle sizli bizli bir dille alttan alıyormuş gibi yaparak ama hiç de geri adım atmadan yaptığı münakaşalar. Şimdi evin o çok ovulmaktan pürüzsüzleşen tahtaları diken gibi batıyordu ayağıma. Terliksiz dolaşamayacaktım sanki. Ev bana hafif eğilmiş bir tarafa kaykılmış gibi görünmüştü ilk görüşümde. Düz de yürüsem zemin bana pürtüklü, inişli çıkışlı geliyordu.

Annem beni öğle uykusuna yatırınca yoldan gelmenin bitkinliği, ölümün yarattığı incinmeyle biraz ağlayıp sonra derin bir uykuya dalmışım. O geliverdi. Zarif ve sessizdi. Tık tık diye topuklu terliğinin sesi geliyordu. Gözleri normalde elaydı ama güneşli havalarda yeşil gibi görünürdü. Duygularına göre değişen göz rengi gri yeşil bir hâl almıştı. İki katlı evin içinde bir aşağı bir yukarı gidip gelerek bir şey düşünüyordu. Hep teyzemi düşünüyormuş. Dedem yine meyveleri sebzeleri kasalarla sepetlerle getirtmiş kilere doldurmuş. Hiçbir şey kiloyla alınmaz bu evde. Bolluk bereket yeri. Gelen giden hiç kimse ağırlanmadan ikram yapılmadan yollanmaz. Bir kez İstanbul'a bizi görmeye geldiklerinde iki oda bir salon küçücük evimizde her şeyin kiloyla alındığını, meyvelerin sayıyla tabaklara bölünerek ikram edildiğini görünce çok üzülmüşlerdi. Anneannem elinde gümüş bir ağızlıkla dolaşıyor. Etrafta teyzemin olmadığını iyice kontrol ettikten sonra aynaya baktı, ona bir şey söyledi emreder gibi, aynanın sırrı gitti hiçbir görüntü vermez oldu. Ben yatağımda doğrulup kalktım. Ayna kör gibi olunca bu beni endişelendirdi. Aynasız bir hayat düşünemiyordum, teyzem aynasız hiç yaşayamazdı. İçerden sesler geldi. Kadınlar muhabbete devam ediyor. Ben ne kadar uyudum bilmiyorum. Gözlerim açık onu görmeye devam ediyorum; geziniyor odalarda, teyzemi arıyor, üzerinde hayattayken son görüşümde giydiği nervürle süslenmiş elbisesi. İşlemeli gezmelik elbiselerini giyince kucağına çıkmaya çekinirdim ama o yine de beni alır göğsüne bastırırdı. Şimdi saçlarını yandan ikiye ayırıp örmüş. Sonra onları başında taç gibi topuz yapmış. Güzel bir altın gerdanlığı var. Her bir kolunda kalın altın burmalar. Bunları hiç çıkarmazdı iş yaparken. Ev işi için eve gelip giden bir kadın vardı, biz onu yaşlı sanırdık çünkü yüzü kırışıktı epeyce ama annemden bile gençmiş meğer. Sokakta yalın ayak gezermiş bazen. Adı Bacı'ydı. Mecnun damarı varmış onda. Eve kaynak suyu da taşırdı biraz aşağımızdaki çeşmeden. Anneannem çarşı pazar için inmezdi aşağılara. Dedem manifatura dükkânına gelen kumaş toplarını yukarı yollar, o beğendiğini kestirirdi diktirmek için. Annemler dikiş öğrenene kadar terzisi hep aynı terzi Mükerrem'di. Bacı, teyzemin iri kocaman gözlerini çok severmiş. Bu soylu burunla padişah kızı gibi duruyon dermiş. Görmeden görmeye fark var.

Teyzem misafir odasından her çıkışında arkasından konuşuluyor. Artık bir an önce evlenmesi lazım. Bak gelecek olanlar var ama herhalde kemikli burnu mesele oluyor. Her şeyin bir çaresi var. Konuşmaları duyunca iyice uyandım. Anneannemin hayali uzaklaşıp gitti.

Aklım fikrim teyzemdeydi. Sürekli yüzünü inceler olmuştum. Teyzeme bir sessizlik çökmüş. Bir mahzunluk gelmiş.

Neredeyse hiç konuşmuyor. Arada bana gülümsüyor. Sürekli göz göze gelmeye çalışıyorum ama o hep başka tarafa bakıyor. Elbiselerine bakardım önceleri şimdi yüzüne. Yüzü konuşuluyor çünkü. Artık yüzünü eskisi kadar sevmediğini hissediyordum. Ameliyat lafı onu derinden etkilemiş bu belli. Kafasına bu fikir sokulmuştu bir kere. Anneannemin ölmesinden daha çok teyzemin başına gelecek olanlar ağlatıyordu beni artık. Türlü hayaller ve varsayımlar içinde boğuluyordum. Hatta bir gece havale geçirdim bu yüzden.

Yenge konuşurken küpeleri devamlı sallanıp hareket ediyor. Elleri etli. Parmağında değerli yüzükler var. Biraz da oturmuş gibi. Sanırım kertmişler, yerinden oynayacak gibi değil hiçbiri. Parmakları nasıl morarmadan öylece durabiliyor Yenge'nin. Annem büyük teyzem ve dayım evli olduklarından, bir sahipleri olduğundan yetim sayılmazlarmış. Babasıyla baş başa kalan küçük teyzem gerçek yetim. Yani annemizi babamızı kaybettiğimizde evliysek mesele olmadığını anlamak lazımdı bu durumda. Üzülmesi gereken biri varsa o da teyzemdi. Dedemin her karısı ölen erkek gibi hemen sızlanmaya başlayıp ortalara düşüp evleneceğine, önceleri çocuklarına tek gözüyle bakarken-erkeklerin yavrularına düşkünlüğü bu kadarmış-şimdi iki gözünün de kapanacağına ve gözü hiç kimseyi görmeyeceğinden ailenin dağılıp gideceğine kesin gözüyle bakıyordu kadınlar. Ama o çok düşkündü karısına, çocuklarına, hatta eşine dostuna. Hayır diyordu salonu dolduran kadınlar kat'i yüz ifadeleriyle ve hiç geri adım atmadan, bu ev dağılacak, bunda bir şüphe yok. Bu kızın akıbeti ne olacak şimdi. Küçük şehir burası. Uygun bir kadını şehrin en zengin manifaturacısına yapmak için çöp çatanlar harekete geçmiştir çoktan. Açgözlü merhametsiz fettan bir kadın, kısa zamanda yerleşir bu eve. Kızın çeyizini bile talan eder gözünün yaşına bakmadan.

Muhayyel bir kadın dolaşıyordu evin içinde. Dehşete kapılmıştım. Kadını eve sokmamak için çareler düşünmeye başlamıştım bile. Öyle çok konuşulmuştu ki artık onu var olduğundan hiçbir kuşku duymuyordum, onu görür görmez tanıyabilirdik en olmadık yerde bile karşılaşsak. Yüzü iyice şekillenmişti kafamda. İnce ağızlı yanakları biraz basık saçları dökülmüş göz kapakları olmayan sinirli bir kadındı.

Teyzemin her mutfağa gidişinde fısıldaştı kadınlar. Her gelişinde sustular. İlk bakışta öyle göze çarpan bir albenisi yokmuş. Çok da zayıf. Simsiyah saçlı, kuru kemik, dalgın durgun bir kız.

Teyzeme bin dereden su getirerek çirkin demek istiyorlar.

Biz üç kardeş aynı anda kabakulak olunca annem bakamamış zafiyet geçirmiş. Büyük şehrin zalimliği ve yalnızlığı. Babam beni getirip bir aylığına teyzemin şefkatli ellerine teslim ettiğinde beni ne kadar şımartmışsa üstüne bir de suçiçeği çıkarmıştım. Yüzümü kaşıyıp da iz kalmasına sebep olmayayım diye beyaz pamukludan tek parmaklı iki küçük eldiven dikivermişti teyzem. Bileklere gelecek yere de incecik lastik geçirmişti. Beni yirmi dört saat izlemişti çiçek bozuğu bir yüzüm olmasın diye. Pürüzsüz yüzümü ona borçluydum. Sonra bana hastalığımı unutturmak için masallar anlatır saçımı tarar çok güzel tokalarla süslerdi. Güzel bir kız olmasaydı nasıl bulup alabilirdi ki bu güzel tokaları.

Bir gün büyük bir araba tutup komşu köyün çayırlığına pikniğe gittiğimizi sonra da harika bir kilim serdiğimizi orada uyuduğumu, üzerimden atlayan yanımdan geçip duran yaramaz bir keçinin kuyruğunun yüzüme değişini, bunu gören teyzemin bana siper oluşunu, bir melek gibi üzerime şalını örtüp saçlarımdan öpüşünü nasıl unutabilirim. Bacı'nın peşine takılıp çeşmeye gitmiştim bir seferinde de. Su içen hayvanları görünce korkup çeşmenin yalağına terliğimi düşürmüştüm. Ayağıma taş batarak ve gözyaşlarına boğulmuş bir halde eve gittiğimde de onun kollarına atılmıştım hiç tereddüt etmeden.

Bacı'nın ayakları üşümezdi, taş da batmazdı. Onun mucizesi de buydu. Gözlerinden çeşitli renklerde şimşekler çıkarırdı. Her karmaşık olayın şifasını verecek duayı bilirdi. Büyüleri çözer, hava durumunu, zemheriyi, cemreleri herkesten önce bildirirdi. Cemrelerin sırrını büyüyünce anlatacaktı bana, ne olduklarını, nasıl düştüklerini. Cemrelere dair sayısız tahmin yürütüyorum o zamandan beri. Hiç kimse Bacı'nın öyküsünü tam olarak bilmezdi. Kocasını kaybetmiş. Bir rivayete göre vurmuş, yoksa o mu onu vurup yaralamış, bilinemezdi. Ayakları morumsu. Keçeleştiğinden hissetmezmiş sıcağı soğuğu. Isınmayı reddeder, ısınırsam çalışamam derdi. Köyüme gideceğim diye bırakıp gitmiş anneannem ölünce. Onu karla bulanmış olarak bir dağ evinde hiç üşümeden gülümserken düşünüyorum. İşte bu Bacı'nın teyzem ona yorgunluk kahvesi yaptığı zamanlar bu kız dünya güzeli dediğini kaç kez işittim. O diyorsa doğrudur. Teyzemin hakiki ve hakikatli güzelliğini Bacı'yla ben hiçbir tereddüde mahal bırakmayacak surette biliyorduk.

Dünyanın bütün kadınlarını görmemiştim ama teyzemden daha güzeli olmadığından emindim. Çok insan görmek mahvetti her şeyi. Televizyondan binlerce kadın geçmeye başlayınca kafalar karıştı sanırım. Peki hâlâ teyzemden daha ince belli kimse var mı, yok. Ben bile küçük kollarımla tam olarak sarılabiliyordum ona. Çok güzel elbiseler giyer ve hepsi çok yakışır. Kitap okurken yüzü gerilir nur gibi parlar içinin derinliğiyle ışır. Gözleri kitap okuyan birinin gözleri olunca denizkızı gibi büyüleyici bir hal alır.

Bütün kızlara bakmaya başlamıştım. Benim güzeller güzeli teyzem kime göre ve tam ne zamandan beri çirkindi. Güzel kızı tarife gerek yok. Güzelliği hiçbir kanıta ihtiyaç duyurmayacak şekilde birden hiç beklenmedik bir yerde beliriyor, bu da teyzemi töhmet altında bırakıp sessizce öbür tarafa ayırıyordu herhalde.

Bir komşu şöyle söylüyordu annem çıkar çıkmaz, "Eh o eski saltanatlı günler bitti artık. Kızlarının ardı sıra dolaşan, elini üzerlerinden çekmeyen adamın tekmilini birden silip atması yakındır". Çocuğum diye kimse kıymet vermiyordu ama o günlerde konuşulanlar ta içime işlemiş.

Kadının bunları söylerken yüzünün kıvrım kıvrım aldığı şekil inanılmazdı. Biraz sevinç mi vardı ne. Hayıflanma mı. Bulanmış karışmış bir şöyle bir böyle allak bullak yüzler. Hepsi ölecek sonunda, görecekler günlerini diye seviniyordum. Basit bir ölümlünün yüz çizgileriydi hepsinde belirginleşen. Yüzlere dalıp yüzmeye o günlerde başladım. Bir yüzün arkasında ne var tam olarak.

Teyzemin yüzüyle benim yüzüm konuşurdu her zaman. Şimdi yüzünün şekline odaklanmış bir suçlu olarak yakalıyorum kendimi. İlk kez görüyordum sanki. Yüzün gülüşüne, gözyaşıyla ıslanışına, yarattığı doluluk hissine değil derinin aldığı şekle, maskeye bakıyordum artık. Alt üst olmuştu onunla ilişkim.

Saltanatın gideceğini duyan annem, baktım dolaşıyor ortalıkta bu saltanatın hiç bozulmayacağını ifade eden bir yüzle, içinde kımıl kımıl hareket eden endişeleri şüpheleri, kurtları solucanları sümüklü böcekleri bastırarak. Benim içim de annemle paralel olarak bulut bulut kararmıştı. Yorgun ve uykusuzdum ama yokluğumdan istifade bir şey konuşulur, teyzem hakkında bir plan yapılır da iş kontrolden çıkar diye öteki odalara gidip uyuyamıyordum.

Annem ağlıyor. Bir iki kadın da eşlik ediyor. Artık özellikle ağlayan insan yüzlerinin aldığı şekil ilgimi çekiyordu. Sonra gözlerini mendille silmeleri, mendile bakmaları illa ki. Çok ağlamış mıyım. Kederim iyice görüldü mü. Yüzlerin simetrisine, ağlarken, gülerken, yüz halden hale girerken güzel ve çirkin olurken bu simetrinin bozuluşuna dikkat kesiliyordum. Güzel bir kız olduğumdan nasıl emin olacağımı bilemiyordum artık.

Kadınlar pencereden dışarı göz atarken, konuştukça sustukça açık unutulan siyah beyaz televizyon da kendine göre sesi kısılı vaziyette çalıp oynuyordu. Bir tartışma programı vardı öğlen öğlen. Adamlar hararetle birbirlerine giriyorlardı ülkeyi kurtaralım derken. Bir şey anlamam imkansızdı, öyle bir çabam bile olamazdı zaten, sadece hayretler içinde yüzlerin şekillerine bakarak kendi kendime büyülenip heyecanlanıyordum.

Adamın tekinin saçı dökülmüş biraz, kravatın duruşu da göze batacak kadar eğri. Yana kaykılmış bir oturuş. Konuşması kırgın. Ben böyle oturumların adamı değilim, gönül indirmem böyle şeylere ya işte memlekete bir faydamız olabilirse diyerek kerhen geldik misali. Diğerleri daha aşağıdaki bir platformda oturuyormuş gibi herkese yukarıdan bir bakış.

Konuklardan birinin, olur mu canım öyle şey, siz konuşmayı bilmiyorsunuz efendim, ben insanların uzmanlık alanlarına girmeyen konularda fikir beyan etmelerine dayanamıyorum, demesi çıldırtıyor baş adamımızı. Ne demek efendim,

konuşma alanımın sınırlarını belirleme hakkını siz kendiniz-
de nasıl yani, bu ne kariyerist yaklaşım böyle, ben şimdi bu
stüdyoyu terk edersem siz kiminle konuşup da kamuoyuna
kendinizi gösterebileceksiniz, hı.

Gözler balık gibi yanlara genişliyor sanki, eller harekete
geçiyor eşlik etmek üzere, ceket sırt ve koltuk altlarından ge-
rilmiş, süslü bardaklara dekor olsun diye öylesine konulmuş
sular bir dikişte bitiriliyor. Dalmış gitmiştim. Yenge kim sey-
rediyor ki bu yavanlıkları diyerek düğmeye bastı, ekranı ka-
rartıp adamları çıkardı hayatımızdan. Tülü zarifçe aralayarak
sokağa baktı, geliyor dedi manidar bir sesle.

Hemen pencereye koştum.

Bebekliğimizden itibaren bizi rengârenk hediyelere bo-
ğan dedem iki yana hafifçe salınarak eve doğru yürüyordu.
Fötr şapkası biraz yana kaykılmış. Şapkasını takmayı yeni bir
millete mensup olmanın gereği sayardı. Dedemin babası bi-
raz da can korkusuyla gönülsüzce takmış bu meret dediği şe-
yi ama dedem İstanbul'la irtibatlı olmanın, yüksek bir sınıfa
ait görülmenin gereği olarak şapka takmayı önemsiyordu an-
ladığım kadarıyla.

Sevdiğim adam şimdi kötü biri ya da potansiyel suçlu
olup çıkmıştı. Pek yakında bir kadına kapılacak, bir kalemde
silip atacaktı hepimizi. Gelen kadın dedemi asla sevmeyecek,
her şeyi yağmalayacak, dedemi bir deri bir kemik kalıncaya
kadar soyup soğana çevirecekti. İlkinden sonraki bütün ka-
dınlar üvey kadınlardı ve dişleri uzamış gözleri kanlanmış
geceleri para diye sayıklayan yarı kadın yarı canavar gibiydi-
ler zannımca. Dedemle ilgilenen hiç kimse yoktu. Yemeği-
ni koymak, çamaşırlarını yıkamak birlikte akşam haberleri-
ni dinlemek dışında hiçbir iletişim kurmuyorduk nedense.

Belki de dönen lafları hissettiği ve bu yüzden kendini kapattığı için daha fazlasına o izin vermiyordu. Yüzünü dikkatle inceliyordum. Gerçek yüzünü görmeye çalışıyordum. Gülümsemesine derin bir kaygı sinmişti. Hareketlerindeki kıvraklık canlılık yok olmuştu. Bir derdi vardı, sanılanın aksine büyük bir acıya uğramıştı, bunu kesinkes anlamıştım ama hiçbir kelime bilmiyordum bundan söz edecek.

Yenge kardeş gibi severim aslında bu adamı diye mırıldandı benden doğru. Yeni evlendiğimiz günlerde ne çok koşturdu evimizi kurmak için. Acı tatlı ne günler paylaştık. Kıyamam ona ben dedi ya, hakkındaki söylentileri desteklemeden körüklemeden, kem sözleri mecazlarla, kinayelerle bezeyip onaylamadan da duramıyordu.

Bu evde kaldığımız üç gün içinde içime iyice yer eden şey şuydu ki dedem kördü artık ve bunun keyfiyetini bilemiyordum tam olarak: Yürürken yolları görüp göremediğinden emin değildim, şaşkınlıkla bakıyordum kendinden emin bir şekilde, yolları şaşırmadan eve doğru yürüyüşüne. Eliyle koymuş gibi buluyordu işte evini kör gözüne rağmen. Yüzü durgun ve düşünceliydi. Yerçekimi onun yüzünü yere doğru çekiyordu, gözleri dudakları burnu yanakları hatta alnı aşağıya doğru düşüyordu sanki. Bir tepenin harekete geçip yürümesi kadar şaşırtıcıydı kaskatı yürüyüşü. Mutsuzluğun mutluluktan daha yoğun, katı ve sert bir şey olduğunu hissedebilecek yaştaydım. Kimse dedemin anneannemin ölümünden derin bir üzüntüye düçar olmadığını söyleyemezdi bana.

Kadınlar ne tuhaf. Bir araya gelince hemen erkekleri kötülüyorlardı. Onlarda her zaman gizli bir hainlik vehmedilmesi gerektiği sıvı gibi kanıma yayılıyordu bu eve geldiğimden beri. Erkekler daha inandırıcı olmanın bir yolunu bulamazlar mıydı acaba. Bana düşen hiç konuşmayan dedem hakkında delil toplamak, hissettiklerimi, önsezilerimi anlatacak kelimeler icat etmekti. Oysa derinlerden gelen bir endişe kaplamaya başlamıştı içimi, şimdiden ömür boyu beni sevecek hainlik etmeyecek birini bulamama korkusu çekiyordum. Hep bir gün mutlaka arkamdan hançerleneceğime dair hisler biriktiriyordum bilinçaltıma doğru. Bu kesindi. Hiç kimse beni yeterince sevmeyecek. Rabiatü'l Adeviyye'nin bile başına gelenlerden sonra. Yengenin anlatırkenki kat'iliğine bakılırsa en yüce kadınların bile kurtuluşu yoktu bu akıbetten. Bir gün diyordu gözlerini kısarak, bir sır verir gibi, Rabia yolda giderken Hasan Basri Hazretleri yanına gelip güzelliğini övdükten sonra, onunla evlenmek istediğini söylemiş açık yüreklilikle. O da demiş ki arkana bak benden daha güzeli var. Dönüvermiş adamcağız. Bir şaplak ensesine. Yürümüş gitmiş Rabia. Kitapta aynen böyle yazıyormuş. Rabia ki ayın ondördü kıskanırmış güzelliğini.

Teyzem bu öykülerin arasında kalamazdı. Liseyi bitirmiş. Üniversite imtihanlarına girip okuyabilirdi daha. Çok güzel bir çeyizi de vardı. Kaç kez göstermişti bana. Aynalı sehpa örtüleri, duvara asılacak gelincikli pano, iğne oyalı yatak takımları, mutfak perdeleri, işlemeli havlular. Hazırdı her şey. Varsa yoksa kemikli burnu. Yüzümü uzun bir süre mesela yarım saat göremesem panikliyordum artık. Merakta kalıyordum ne oldu, nereye gittim güzel miyim hâlâ. Küçücük bedenim çözülüp un ufak olup gidiyordu neredeyse. Tencerenin kapağında yemek kaşığının, ekmek bıçağının metalinde, arabanın camında, vitrinde her yerde hemen arıyordum kendimi, hızlıca bir göz atıyordum yüzüme.

Her şey anneannemin bizi erkenden bırakıp gitmesiyle başımıza geldi. Annesi uzun saçlarını örerken, benim güzeller güzeli kızım derken ağzını açmaya cesaret edemeyenler, onun ölümüyle meydanı boş bulmuş teyzemin güzelliğine gölge düşürmüşlerdi. Annesine güvenmeye kendini onun gözlerinde seyretmeye doyamayan, işlerini şarkı söyleyerek yapan teyzem şimdi muallakta kalmış ve sesini kesmişti. Kedisi Kömüre de muhabbeti azaldığından aramızdaki kucağa çıkma yarışması bitmişti neredeyse. Çokbilmiş, fettan ve tembel Kömür sobanın yanında yatıp duruyordu artık. Ne olursa olsun teyzem annem gibiydi benim için, onun başına gelenler benim de başıma gelmiş sayılırdı.

Kadınlara baktım, yüzler nasıl da değişmiş, bir kararda durmuyorlar; kararsız dayanıksız oynak. Her lafı dinleme sen, biraz bahçeye çık dedi biri. Her lafı büyük bir dikkatle dinlemem rahatsızlık vermiş anlaşılan. Dursun çocuk dedi başka bir kadın, İstanbul kızı, ne düşünüyor bakalım buraları hakkında, bir duyalım. Herkes aynı anda bana bakmaya başlayınca aklım çıkmıştı yüzümü düşünüp.

Hızla kapıdan çıkarken az kalsın teyzemin elindeki tepsiyi deviriyordum. Gül şerbetiyle bisküvi getiriyordu. Bisküvi yeni çıkmıştı o zamanlar. Evde bulundurmak bir sınıf göstergesiydi. Çeşitli modellerdeki bisküvilerden ikram edebilmek prestijli bir şeydi. Aslında çok çeşit de yoktu. Şimdi kimsenin yüzüne bakmadığı pötibör bisküviler yaygındı en çok. Kıtırtı çıkarmak ayıp kaçacağından çaylarına batırıp yerdi kadınlar. Teyzem kapıdan çıkarken yine göz atıverdi aynaya.

Aşağı katta arkadaşları bekliyordu. Yazları arka bahçeye açılan kapının önüne serdikleri kilimin üzerinde oturduğu, birlikte nakış işlediği kızlar. Durmadan gülerdi teyzem. Görücüleri, lisedeki oğlanları, okudukları kitapları, üniversite için büyük şehirlere gitmeyi, çarşıya yeni gelen son moda kıyafetleri konuşurlardı. Bütün kızların çeyiz sandıkları bebekliklerinden itibaren dolup taşardı bu şehirde. Yılda birkaç kez havalandırılır, dualarla yeniden istiflenirdi.

Sonra nihayet İstanbul. Bu şehir iyi gelmemişti teyzeme. Bir haftada zayıflamış, rengi solmuştu. O gün erkenden kalkmış giyinmiş. Uyku tutmamış belli ki. Uyuma numarası yapıyordum yatağımın içinde dönüp durarak. Ne yapacağımı bilemediğimden yüzümü kapatmıştım yorganla. Çocuklar kalp krizi geçirir mi. Bu çarpıntı ne manaya gelir. Teyzem aynaya karşı burnunun ucunu havaya kaldırıp öyle tuttu bir süre. Dünyanın en güneşli İstanbul günlerinden biriydi. Bol ışık yüzünden bütün görüntüler hareketler acıtacak kadar belirgin ve netti. Annemin damarları babamın sinir uçları ortadaydı.

Teyzemin görüntüsünü izlemeye başladım. Gülümsüyor, gölgeler geçiyor, baktıkça bakıyor, bir şey görüyor, helalleşiyor sanki. Hep yabancı gibi kaçamak bakardı aynaya, böyle uzun uzun korkularının üzerine yürürcesine içi yanarak bakışını hiç görmemiştim. Uzayıp giden, bütün hayatıma yayılan bu an derimden geçip içlerime işlemeye başlamıştı. Yengenin konuşurken inip kalkan kocaman göğsü aksediyordu aynaya, annemin hıçkırığı sıçrıyordu, yatağımı dolduran güneşten boğuluyordum.

Doktor yurtdışına seyahate çıkacağından böyle sabahın erken bir saatine randevu vermiş. Türkiye'de bu işler daha çok yeni olduğundan düzgün iş çıkarma oranı henüz düşüktü. Teyzem leylak renkli karpuz kollu çok güzel bir elbise giymişti. Babam arabanın camlarını kaçıncı kez parlattı. Bu gerginlik alametiydi. Dayımla ise hiç konuşulmuyor herkesi kırmaya hazır bir asabiyetle sürekli evde unuttuğu bir şeyler için yeniden merdivenleri tırmanıyordu. Annem dudaklarıyla dualarını bitirmeye ve tesbihatını tamamlamaya çalıştı. Teyzeme bir durgunluk gelmiş. Uykusuzluktan gözlerinin altı hafifçe morarmış, incecik damarları belirgin bir hal almış. Üçüncü kattaki evimizin penceresinden arabaya binişlerini seyrediyordum. Teyzemin arka kapının önünde titreyen bacaklarını görünce çocukluğumun erkenden sona erdiğini hissettim. Erkeklere olan bütün güvenimi böyle pırıl pırıl güneşli bir günde kaybettim. İçimde derin kuyular gibi karanlık bir çukur oluştu. Aşkın bu dünyadan sonsuza kadar çekilip gittiğine dair bir his doğdu içime. Kimse beni dekoratif bir malzeme gibi alıp veremeyecekti. Hiç evlenmemeye yemin ettim.

ANEMON ÇİÇEĞİ

Merdiven çıktıklarından yüzleri kızarmış biraz. Buraya ulaşana kadar caddede ne badireler atlattılar kim bilir. Parlak vitrinler, cafcaflı kadınlar, katil suratlılar, insanlara sürtünmeden yürüyemeyen şehir eşkıyaları, 'evde oturarak para kazanmak ister misiniz' yazılı el ilanlarını dağıtan palyaçolar, işporta tezgâhlarındaki tuhaf mallar, dönen bebekler, viyaklayan kurbağalar, ilgi çekmek için yayaların arasına atılan plastik örümcekler, yılanlar... Bu hengâmede beni azimle arayıp bulmuşlar.

Tezveren İşhanı. Birinci kat. Caddeye bakan daire. Hiç bakamıyorum ki. Sürekli müşteri görüşmesindeyim. Konuşmalarımdan kimsenin bir şey anladığı yok. Anlayamadan dinledikleri kelimeler bana olan güvenlerini daha da artırıyor. Daha ürün kullanılmadan, bir mucizeye imza atmışım gibi minnettar bakışlarla karşılaşmak çok eğlenceli. Yine aynı şey oldu. Yüzleri aydınlandı, ölgün bakışlarında tuhaf parıltılar oluştu. Günün son müşterileri. Birazdan kurtulacağım hepsinden. Hiçbir yorgunluk emaresi göstermeden, bütün varlıklarını adarcasına beni dinleyen bu son insanlardan. Beden dilimi pürdikkat takip ederek hiçbir heceyi kaçırmamaya çalışan kadınların oklava yutmuş gibi oturuşlarından. Karısının ısrarıyla işhanının ikinci katına sürüklendiğinden adım gibi emin olduğum bu adam, öyle memnundu ki sınırsız hizmetten, öyle çok soru soruyordu ki her bir kutunun içindeki etken maddeler hakkında, paydos saatim çoktan geçmesine rağmen çantamı alıp çıkamıyordum ofisten.

– Şu elimde gördüğünüz ürün diye çığırtkanca konuşuyordum kendimle dalga geçerek; kollajenlerinizi artıracak, Aloe Vera da eklendiğinden çabuk absorbe oluyor, etkisi çok güçlü. Hiperpigmentasyonda da etkili. Sonuçta herbal bir ürün olduğundan, endişelenecek hiçbir şey yok. Biyoselekt etkisi yüzünden göz altlarının yumuşak dokusu için de...

– Beyefendiye antioksidan şart. Madem emekli hâkimsiniz, ülkemizde vuku bulan bunca olayı çözüp adaletle ayıkladınız, artık size hipoallerjenik bir ürün yakışır, multi vitamininizi de altmış plus olanından seçeriz bu durumda. Bu sizin yaşınızdaki hâkim emeklileri için özel hazırlanmış.

– Bu tedavi ne kadar zamanda netice verir dedi adam biraz kıkırdar gibi.

– Bu tabii detoks meselesi. Her bünyenin farklı biyoritmi var. İmmün sistemi uyarmak için medikal ozon tedavisi de gerekebilir. Ya da gerekirse köpek balığı karaciğerinin yağından elde edilen bir maddeyle devam ederiz. Böylelikle önceliği serbest radikallerin bertaraf edilmesine verelim derim ben.

Hiçbir şey anladıkları yoktu ya yine de kendilerinden geçmişlerdi. Bende bir yukarıdan bakma, bir ince ince aşağılama. Öyle bir 'bunları herkes bilir' havasındaydım ki, her sözümü şevkle onaylamaktan başka seçenekleri kalmıyordu azametim karşısında. Ne de olsa uzman olan benim.

– Peki ya salyangoz dedi kadın, salyangozlu kremlerden önermiyor musunuz, arkadaşlarım bahsedip duruyor, nedir görüşünüz salyangozun salyasındaki fayda hakkında.

– Evet, binlerce yıldır onlar bu dünyada varlıklarını sürdürmekteler, dedim az biraz teatral ağlamaklı denilebilecek bir sesle. Antik Yunan'da Hipokrat Zessos Messos gibi bilginler salyangozları cilt problemlerinde ve birçok hastalığın tedavisinde kullanırlardı ama sonraları insanların gözü doymayıp onları da yemeye başlayınca bu özellikleri...

Nurten Hanım la havle çekiyor kaşla gözle. Akşam akşam yeter ama, salyangozdu şuydu buydu. Bir silip çıkayım artık şuraları, evde hesap soran merciler var bakışı. O tok sesiyle biraz da kabaca "saat yirmi otuz Berrin Hanım, kapanış saatimiz" demese sürüp gidecekti bu salyangoz muhabbeti.

Son bir ikram ve iyilik olarak şunu söyledim ki bu şirin mi şirin çifte, ürünlerin sadece internet satışları var fakat biz büyük yatırım yaparak bayilik aldık, yaşlanmanın bütün etkilerinden kurtulsun bizim ayrıcalıklı müşterilerimiz ve tekrar otuzlu yaşların gençlik ve güzelliğine dönebilsinler diye. Yoksa iskontolar çok düşük olduğundan fazla bir kârımız yok bu satışlardan.

Kadının kocasına çapkınca bakışı görülmeye değerdi doğrusu. Kollagenlerinin artacak olması düşüncesi bile içinde bir devrim yaratmıştı. Ah şu kaplarına sığmayan, buruşan derilerin altında deli gibi kaynayıp duran ruhlar...

– Biraz kendinize odaklanmalısınız dedim günün son sözleri olarak. Biraz içinizi dinleyin, kendinize zaman ayırın. Aynaya bakın ve bu yüzün içinden bu solgun bakışların arasından, canlı ve yaşama sevinci dolu bir başka yüzü nasıl çekip çıkarabilirim diye bir sorun bakalım. Bunun yolu nereden geçer dediğiniz an, işte burada doğru adrestesiniz.

– Ozon terapisini biraz açamaz mıyız Berrin Hanım dedi adam son bir atılışla. Bir emekli hâkim olarak ozonu hak ettim ben.

İnsanları yargılarken adalet dağıtırken elinden alınan gençliğini geri istiyordu. Saçlarını ağartan yalancı şahitlerin, bir kiralık avukatla suçundan sıyrılmaya çalışan pişkinlerin, haksız hükümle perişan ettiği düşkünlerin kurt gibi kemirdiği bedenindeki diş izleri silinip gidecekti sihirli bir formülle.

– Takmayın ozon meselesine hemen dedim. Size major ve minör hemoterapileri de düşünüyorum. Yarın konuşuruz. Kadına döndüm:

– Size daha Anemon çiçeğinden gelen güzellikten bahsetmedim, yağmur ormanlarında yetişen yaprakların tozundan. Müthiş bir sürprizim olacak dedim çantamı omzuma takarken. Muzip vaatkâr bir göz kırpışla.

– Yarın geldiğinizde su yağ ve kas oranlarınızı da bir gözden geçiririz diye seslendim arkalarından, iyice bedenlerine nüfuz ederek. Yarın ama, her şey yarın.

Anemon çiçeğinin mucizesinden nasıl da kesin ve kat'i bir ses tonuyla söz etmiştim. Siz gençleşirken, tutkuyla, bitmez tükenmez heveslerle peşimde dolanıp dururken beni göçerttiniz denmiyor. Bu konuda uzmanlığı çok takdir edilen, burnu havada, sektörde bütün firmaları peşinden koşturan bir iknacı ve pazarlamacı olmama rağmen, içten içe bu işe olan inancımı kaybetmeye başlamıştım. Bu sabah beş yıl içinde üyelikten yönetim kuruluna terfi ettiğim Sade Yaşamı ve İnsan Haklarını Destekleme Derneği'nin mutat oturumunda işime olan bütün tiksintimi açığa vurdum galiba.

– Aynaya bakın ve artık kendinize odaklanmaktan kendinizi dinleyip durmaktan vazgeçin. İçimizde çınlayan bencil teneke seslere kendimizi kapatalım biraz. Durmadan bedene yatırım yapmanın sonu ne! Ne alaka diyordu insanların bakışları; şık döpiyesime, pahalı broşuma, pürüzsüz cildime bakarak.

Dernekteki görevimden genelde herkese söz ediyordum, çünkü bu bana büyük prestij sağlayan bir işti. Bir sivil toplum örgütünde etkin olmam, kelimelerimi daha sağlam tutarlı ve etkin kılıyordu. Müşterilerimizin vicdanı sayılırdım bir bakıma. Birileri otuz yaşında altmış gösterirken başkası pekâlâ tersi için uğraş verebilir ve kendini bu hedefe adayabilirdi. Çünkü buna her tarafı bilen, dengeleri gözeten ben geçit veriyordum doğrusu.

Her şey iyi de son zamanlarda üzerimde bir gariplik var. İnsanların gülüşmeleri mutlulukları yaşamdan telaşla büyük parçalar koparıp hızla yutma çabaları beni duraksatıyor. Benim bile bilmediğim farkına varamadığım ama onların keşfedip ele geçirdikleri bir sır var demek ki. Bu dünyayı ele geçirecek enerjim yok benim. Sadece her gün dünden biraz daha aşağıya düşmemenin savaşı benimki. Anemon çiçeğine güveniyorum ama, de ki bir kere methettiğin ürünü alıp da, şöyle aynanın karşısına geçip yuvarlak hareketlerle yüzüne sürdün mü. Hâlâ salatalık kabuğuyla, ıhlamur suyuyla, defne sabunuyla yetindiğimi, cildimin güzelliğini herkese her koşulda acımama, kendimi tutumsuzca harcamama borçlu olduğumu söylesem… Primler de hesaba katıldığında hiç de fena sayılmayacak bir para kazandığım bu firmadan hemen kovarlar beni, eminim.

Havada uçuşan tuhaf, sıra dışı insan resimleri yapışıyor zihnime. İş çıkışları, akşamın ağır havası sevinçlerimizin üzerini alaca bir hüzünle örtünce, arı kovanına düşmüşüm gibi vızıldıyor bu şehir. Aynada ne kendimi ne ötekini görmek istemiyorum. Başka bir ben görmek istiyorum. Herkese eşit davran diyen popüler iyilik kitaplarından okudukça, huyum bozuluyor, dişlerim uzuyor, daha da zalimleşiyorum sanki. Üzerine hiçbir şey yapışmamış, henüz kir tutmamış o ilk beni içimin derinliklerinden çekip çıkarabilir miyim. Bir yer lazım bu operasyon için. Onun için kurdum mağara fantezisini. İçimde mağaralar besliyorum. Medeniyetin beni bulamayacağı, kimsenin beni göremeyeceği, bir sadakat kayası altı. İçinde ulu bir çınar gibi ayağa kalkabileceğim bir yer ama. Kremlerin, yüzlerce vitamin kutusunun, mezoterapi ve lenf drenaj odalarının gaz gibi uçuşup gökyüzünde kaybolduğu, dayaktan morarmış kadın yüzlerinin, hançer bakışlı mültecilerin resimlerinin uçurtmanın kuyruğuna takılıp gözden uzaklaştığı bir yer.

Bir kere yaşamı sorgulamaya başlamışsanız bu nerede durur bilinmez. Benim elimi bırakan, yerden koparan şeyin ayırdındaydım. Bir çınara tutunmam bu yüzden. Muhayyilemin ürettiği bir ağaç. Gözlerini kapatıp ellerini yana açıp Allah'ın yüceliğini hissetmeye çalışan, onu bu şehrin kötürümleştirici parlaklığından kurtarması, soluklanacak bir ara yer bahşetmesi için deli gibi yakaran bir çınar ağacı.

Bakın bu sabah ne oldu. İşlerimi yoluna koymak için gün doğmadan kalktım. Irak'ta koca bir mahallenin ölümden dönmesine sebep olan bir Kızılhaç görevlisinden söz etmek istiyordum sabahki insaniyet toplantısında. Kadıncağızın adını tıklayınca karşıma Pompei diye bir dosya çıktı. Görevli konuyla ilgili bir toplantıya mı katılmış İtalya'da nedirse. Gözlerimi alamadım taşlaşmış şehirden. Bir solukta okudum yazılanları, kendimi tutamayıp sesli sesli defalarca bak sen! diyerek. Sonra haliyle işime baktım. İnternetten bir şeye göz atmak isterken ne acayipler gelip bulur bizi. P harfi ile başlayan bir isim başka bir dosyanın içinde alakasız bir şekilde geçiyor diye olanlara bak.

Sabah sabah bir yandan da yeni aldığım eski bir albümü dinliyordum, neymiş bakalım, bu arada o da aradan çıksın diye. Bu saate yakışır mı, okuduğum yazılara gider mi John Coltrane. Yakıştı. Ses öyle detaylara indi, sabaha öyle bir yayıldı ki Pompei'nin taşlarını bir burgu gibi delip uçlarını kaldırdı. Herkes uyurken, kısık sesle, bilgisayar ekranını, sehpanın üzerindeki dergileri, kapaktaki kızın delici bakışlarını sarmaladı. Saksafonun sesi merhem gibi.

Her şeyi üst üste yapıyorum artık. Hiçbir şeyin ruhuna inecek zamanım yok. Tabakalar halinde üst üste yığıyorum hayatı. Misal, bir yandan akşamın yemeğini ocağa koyuyorum patlıcanları balta gibi iri doğrayarak. Hiç mi hiç keyfine varamadan bir sebzeye dokunmanın. Sebzelerle tahıllarla bir ünsiyet kurmanın. Öte yandan içimden birilerine cevap yetiştiriyorum internet yoluyla. Aslında tek istediğim tıpkı ulu bir çınar ağacı gibi kollarımı iki yana...

Hemen geçtim Pompei'yi. Belleğe attım. Sonra bir bakmak lazım. Bir iki dakika ayırırım günün birinde. Her şey için bir iki dakika. Coltrane etkisini kaybetti. Dosyanın kapanmasıyla beraber ses de kapandı. Soldu gitti. Bir dahaki Pompei'de açarım. Yakıştılar doğrusu. Gündoğumunun anlam ve önemine uygun olarak Doğu enstrümanlarının kullanıldığı bir performans dinlemek en iyisi. Daha şifalı. Bu dua saatinde ayakta olan herkesi selamlayan bir ezgi olmalı. Sağaltıcı bir tını kuşatmalı ev içini.

Tez canlıyım ya, bu şehir bir yerde vaktinde olmanız için vaktinden çok önce orda olmanızı zorunlu kılar ya, toplantıya yarım saat kala çoktan İstiklal caddesindeydim. Bir megavizyon dükkânına doğru sürüklendim. Neden bir kitapçıya dalmadım, vitrinlerin büyüsüne kapılıp gitmedim, hiç değilse sabah kahvesi için bir kafeye oturup etrafı izlemedim de müzik pazarı. Biri beni yönlendiriyor. Mistik yanım bunu böyle söyledi. Hiçbir standa meyletmeden yürüdüm ve şehir belgesellerinin bulunduğu rafın önüne gelince durdurdu beni bir güç.

NY Tokyo Kahire Sydney ve ötekilerin her birinden beşer onar var. En önde duran ve güncel seriden kopuk raftan düşmüş bir belgesel. Pompei. Neşeli şehirlerin arasında. Taştan bir trajedi. Önüme düşürüldüğü kesin değil mi artık. Bir süre kıpırdamadan kapağa baktım. Karınca duası misali karmaşık yazıları net bir şekilde okuyabiliyordum. Bir zamanlar çok zengin ve mutlu insanların yaşadığı bir şehirde yanardağın patlamasıyla taşlaşmış şehir. Hemen parasını ödeyip çantama attım. Vakti saati gelir bir gün. Kim bilir belki de evdeki okunamayan kitaplar, çalınamayan müzik aletleri, hiç sırası gelmemiş CD'ler çöplüğüne katılır. Maymun iştahlılıkla eve doldurulmuş ilkel egzersiz aletleri, sarımsak ezme elma soyma aparatları, domates ve yumurta dilimleme makineleri kategorisinden.

Yine de bu garip karşılaşmalar etkiledi beni. Taş şehir bir oyuk edindi zihnimin bir köşesinde. Caddede akan insan seli donup kalsa ayakta. Zihnim herkesi bir hal üzere sabitlemeye başladı. Engellenemez bir işleyiş. Çantamda unutuluşa terk edilen şey beni terk etmeyecekti anlaşılan.

Toplantı çabuk bitti. Herkesin işi gücü var ve toplantılardan bir görev almadan çıkmak büyük başarı sayılır bu karmaşık hayatımızda. Önümüze gelen acılarla örülmüş karmaşık dosyalarla ilgilenmeyi gelecek buluşmaya erteleyerek dağılıverdik.

Hemen koşturup işime daldım. Herkese bir mavi boncuk. Yeni ürünler. Şık kadınlar emekli büyükelçiler erken davranıp vaktinden önce kapımızı çalan gencecik genel müdürler. Çok eğlenceliydi onlara hiç anlamadıkları binbir kelimeyle hayaller satmak. Akşam tam paydos saatine yakın, çantamdan iş yerinin ödenmiş faturalarını çıkarıp dosyasına koymak isterken takıldı elime yine o şey. Evde bilgisayarın başına ahaliden biri oturup diğeri kalktığından, bürodan ayrılmadan çabucak göz atmak istedim şu bizim Pompei'ye. Seyrederken bir yandan da işlerimi toparlayabilirim. Tek bir işe doyasıya odaklanabildiğim günler çok geride kaldı dedim ya. Aynı anda üç iş görmek yaşamımın bir parçası. Çamaşır katlarken haber dinlemek, bu esnada telefonda hiç aramadığımdan yakınan akrabaların arkadaşların gönlünü almak, dosyaları toplarken belgesel seyretmek.

Olay acayip. Banyo yaparken rüşvet verirken bir takı için adamın tekine yaltaklanırken sıcak lavlarla sabitlenmek. Film yine yarım kaldı tabii. Herkes gitmiş de pek bir insansız kalmışım gibi hüzünlenmeye vakit kalmadan, taşın altından çıkıp bir kez daha dünyaya sızmaya kalkışan neşeli çift çıkagelmişti. Öykünün başında anlattığım insanlar. Anemon çiçeğini soruyorlar. Salyangozdan bir haber bekleniyor. Hayata tutunmak, her neyse o şey, lavların arasından gürüldeyerek akıp geliyor. Bunu görmezden gelemem. İşimi ciddiye almak zorundayım. Bütün pırıltılarıyla üzerimize ışığını düşüren yaşamın, bizi bekleyen nihai gerçekliğe kurban edilmesine seyirci kalamam.

Çekilip gittiklerinde kafamda bir karıncalanmayla ayağa kalktım, arabamın anahtarı masanın üzerinden uçmuş gitmiş. Çekmecelere, çantama, stantların önüne defalarca baktıktan sonra bürodaki insan trafiğinin yoğun olduğu bir zamanda birinin anahtarı cebine atıverdiğine hükmettim.

İnsanlarla göz teması kuracağım onları etkileyip kabuklarını kırmaya ikna edeceğim derken masanın üzerini kollamayı ihmal ediyorum doğal olarak. Kim olabilir. Anahtarı nöbet gelmiş gibi giderek artan bir çılgınlık haliyle aynı yerlere tekrar tekrar bakarak aradıktan sonra umudu kestim. Dışarı çıktığımda araba henüz yerindeydi. Büronun sırasındaki ayakkabı mağazasının sahibi ricam üzerine inanılmaz bir çabuklukla arabanın kapısını açtı. Araba hırsızlarından öğrenmiş olmalı. Çünkü bu bizim cadde için vakayi âdiyeden bir şey. Herkesin gözü önünde olur böyle şeyler, müdahale edilmez kolayına, ama bir yandan da yan gözle iş öğrenilir demek.

Bu durumda karanlık bir kuyuda, yardım çağırmak için arabadan uzaklaşmamı bekleyen, arabayı kolayca alıp gidecek olan biri varken ve şu an belki de alayvarî bir yüzle benim şaşkınlığımı öfkemi çaresizliğimi gözlüyorken, biricik mülkümü bırakıp gitmem söz konusu olamazdı. Yandaki internet kafenin çırağını öteki caddeden bir oto anahtarcısı bulup getirmesi için yolladığımızda, saat dokuzu bulmuştu. İnternet kafenin sahibiyle bu kadarcık bir hukukumuz olsun artık. Her zaman gençlerle dolup taşan bir mekân. Siyasi ve toplumsal birçok görüşümüz birbirine benzemese de, müessese sahibiyle çok iyi komşuluk yapabildiğimizi söylemeliyim.

Bu çok sesli şehir herkesle paylaşacak bir şey bulmamızı zorunlu kılar doğası gereği.

Arabanın şoför mahalline oturdum ve beklemeye başladım. Çırak bir anahtarcıyla çıkagelene kadar hiçbir yere kımıldayamam. Ben uzaklaştığım anda arabaya binip kontağı çevirecek ve gaza bastığı gibi ortalıktan kaybolacak biri var evet, hissettim bunu çünkü. Bu arabaya kavuşmak için döktüğüm diller, katlandığım insanlar, başka bir şey yapmak isteyip de yapamadığım günler aylar haftalar. Hayatımı yatırdığım bir şeyi bekliyordum sonuçta. Aracım sigortalı gerçi ama yine de işlemler haftalar sürecek, arabanın piyasa değerinin üçte ikisini bile zor ödeyecekler. Yeni bir araba almak için harcanacak zaman da cabası. Her şeyden önemlisi böyle bir şey yaşamış olmak şehri benim için daha da tekinsiz kılacak, arkamda sağımda solumda hep bir ürperti olacak, aldatılmanın böyle aptal yerine konulmuş olmanın ezikliği beni hep takip edecek. Birçok insana potansiyel hırsız gözüyle bakacağımdan şehrin diken üstünde duran atmosferini de kirletirim. Yapışkan sisli bir hava yayarım. Bu bir gün bu caddede iyilik salgını olacağına inanan herkesi yenik düşürür. Arabayı beklemek toplumsal bir sorumluluğa dönüşmüştü neredeyse. İçimde her olaydan kendi payıma üstün sorumluluk duygusu çıkarmak isteyen bir işleyiş vardı son yıllarda. Kırışıkları açılmayan her kadın için acı çekmek ve serbest radikallerinden kurtulamayan her erkek için kendimi suçlamak. Bu şehrin dipleri öyle oylumlu belalara bulanmış ki sürekli suçluluk duygusu yaratıyor. Düğmeye basıp kendimi kilitledim. Komikti bu. Çünkü anahtar kimdeyse geldiğinde kolayca açabilir, bu önlem yine de hırsız dışındaki öteki mütecavizler için işe yarayabilirdi. Çünkü geçerken vazife şuuruyla illa ki eğilip içeri bakan, karanlık bir arabanın içindeki kadının medeni halini, yaşını ve yüzündeki ifadeyi anlamlandırmaya, sonra bu tetkikten bir iş çıkarmaya çalışan caddenin erkek taifesi, hırsızımdan daha az tehlikeli değildi.

Beklemedeyim, gerginim. Akşam ezanı okunalı bir saat oluyor. Ben de yan aynalara ve dikiz aynasına bakıyorum. Sonra tekrar sağ aynadan başlıyorum. Arkamı kontrol ediyorum. Oto hırsızını ya da şu bizim anahtarcıyı beklerken insanlar akıyor. Her biri bana benziyor. Herkes bir halimin mükemmel canlandırması. Hem oturdum hem öteki bedenlerin içinde hareket halindeydim. Koştum hatta. Akış hiç durmuyor. Otursam da zihnim koşanlarla gitti. Karanlık bastırdıkça bir siluete dönüştüm. Cinsiyetim de kaybolup gitti. Kim olduğum belli değil. Artık görülmüyorum. Kadın olduğumu seçkinleştirecek bir şey olmadan hiç yokmuşum gibi sürüyor akış. Ay ne rahatlık. Hep kadın olmak ne yorucu. Geçit yapanları izliyorum sadece. Televizyon şakası gibi. On yıl önceki halime benzeyen genç bir kadın bebek arabasını iterek hızla köşedeki markete doğru ilerledi, beni heyecanlandırdı.

Ergenlik oğlanları küfürlü sözlerle kızlardan konuşarak birbirlerine el kol hareketleri yaparak geçtiler. Arabanın sağ arka köşesinde bir çift, sonu nereye varacağı belli olmayan bir tartışma içinde. Dikiz aynasından endişeyle izledim bir süre. Bir insan hakları örgütü yöneticisi olarak alacağım tutum çok önemli. Bu saatler tartışmak ve bozuşmak için çok uygun. Yorgun bedenlere eşlik eden bir ruh kıyameti kopar sanki. Kadın sesini kesmedi. Bu çağın illeti de bu bir görüşe göre. Kesmiyor kadın sesini. Kadınların da her konuda fikri var. Sonra kesti ama. Sustu. Son cümleyi adam söyledi üste çıktı da şiddetin kenarından dönülerek evin yolu tutuldu. Ya da her nerenin yoluysa.

İnternet kafenin önünde toplaşmış olan yeni yetmeler dağılıp gitti. Birazdan yıldız savaşlarına katılacaklarmış hissi veren diken diken jöleli saçlarına rağmen, içlerindeki delikanlıyı tanıyordum. Onlar da beni tanırlar. Doğal korumalarım sayarım onları. Beni görünce küfürler kesilir, toparlanırlar sağ olsunlar.

Aynadan baktığımda gözüme takılan her şey beni ürküttüğünden içimden bir şarkı söylemeye başlamıştım. Manasız bir şekilde onlarca defa "daha onyedi onyedi onyediymiş…" diye tekrarlıyordum. Otuz yaşlarında, hiç itimat telkin etmeyen, gözlerinde acımanın zerresi olmayan bir adam, az önce kapanmış olan ayakkabı dükkânının kepengine yaslanmış dimdik bana bakıyordu. Caddede en güvenli şey sürekli akıp gitmek. Nereye gittiği belli olmayan kalabalığa karışıp et ve giysi seline bulanmak. Durmak çok tehlikeli. Bir an tereddüt etmek canınıza mal olabilir. Adamın niyetini okumak lazım. Niyetleri okumak esastır. Burada yaşamanın özüdür. Adam yok. Kayboldu. Hızla bütün aynalardan silindi. Şarkıyı hızlandırdım. Onyedi onyedi onyedi onyedi… Işık ve gölge oyunları arasında adam var-yok arası. Tam olarak burada oturmuş kimi bekliyorum? Artık harekete geçmenin zamanı. Yoldan geçecek her insana ihtiyacım var. Haykırdığımda dönüp bakacak insanlara.

Usta görünüyor iki caddenin kesiştiği köşeden, yanında bizim çırak. Ustanın yüzü iyilik dolu. Kalbim duracak gibi bir sevinç. Adamın boynuna atılacağım. İki yana sallanarak huzurla yürüyüşü. Nihayet normal biri, başında güven veren bir haleyle gülümsüyor. Bu vakitte hemen anahtar yapılamazmış. Düz kontak yapıp çalıştıralım, beni yollayalım şimdilikmiş. Mümkün olduğunca istop etmemeli, durmamaya çalışmalıymışım.

Yola çıktığımda hava tamamen kararmıştı.

Güzergâhı çok kısa tutmalı ve ana caddelerden şaşmamalı bu durumda. Durmamak için neler yapıyorum, bu artık ayrı bir mevzu.

Edirnekapı'dan Fatih'e. Kırmızıda heyecanlı bir geçiş. El kol işaretlerinin, hakaretlerin bini bir para. Unkapanı. Sağa yol ayrılıyor. Eminönü sapağı. Boşver. Unkapanı köprüsü. Eski Tüyap. Pera sağımda. Burası hiç tekin değil. Bir çay içmeye çıkarım ara sıra yukarıya. Tarlabaşı. Ana caddeden şaşma. Durmak zorunda kaldım, işe bak şimdi. Karanlık. Hiç ışık yanmayan eski tip bir binanın üçüncü katında, tek kişinin zor sığacağı daracık balkonda bir kız silueti. Caddeye bakıyor heykel gibi hareketsiz. Yan tarafta biraz daha geniş gömülü balkonun dip tarafında saçları dağınık bir orta yaş kadını karşı birahanenin penceresindeki başka bir kadın siluetine bakıyor. Anne-kız mı. İki kadın aynı evin iki ayrı balkonunda, birbirlerinden habersiz besbelli. Bu görüntüye hayran kaldım. Akşamın bereketi. Kemiklerime kadar titretti beni bu unutulmaz görüntü. Yüz çeşit açıklama hücum etti. Muhtemelen hiçbiri doğru değildi. Onları yeşil yanana kadar camın arkasından seyredebilirim. Sudeys'in kasetini koydum bir elimle. Kâbe'nin imamı. Bir dostumun hediyesi. Ayetlerden hiçbir şey anlamasam da sesten ve kelimelerin gücünden gözlerim doldu. Vakit hızla işliyor. Sudeys'in sesi kıyamet anını görmüş gibi titreyince, kadın ve kız söz birliği etmiş gibi içeri girip kayboldular.

Tam olarak arabayı ne tarafa sürmem gerekir. Akşamın bu saatinde beni koruyacak ne var. Metanetimi korumam için gözümün görmesi ve görmemesi gereken şeyler var. Ya da görmemiş gibi yapmam gereken şeyler. Görmemiş gibi yapınca görmemiş de olursunuz bir süre sonra. Bunu yapamadım. İş için arabalara işaret eden bir travestiye gözümü dikip bakmışım. Gözümü alamamışım. Bir şey söyledi. Tanıyamadın mı diyerek üzerime gelecek gibi oldu. Öfkeliydi. Tanıdım sizi kardeşim bir yerlerden demeye kalmadan yol açıldı. Bu aramızdaki yolu kesti ama. O an kaybettik birbirimizi.

Akşam dönüşlerim böyle. Hep hüzün. Bütün gün bir gösteri halinde olan ruhumun süngüsü düşüyor. Yüzüm de. Şu kaliteli denilen hayatıma ve sahip olduğum nimetlere uygun düşmeyen nankörce duygular kaplıyor içimi.

Taşın altındayız, herkes biteviye bildiğini tekrarlıyor diyen bir fısıltı. Hep tekrarladığımız şeyle taş olacağız diye. Taşın altındaki son şeklimizi veriyoruz kendimize, tek işimiz bu işte. Yavaşlayınca hemen bana doğru seğirten, kucağında çocuk bir dilenci. Hiç durmamak zorundayım ama ben. Bunu bil. Göz gibi bakıyor kadın. Gözü hem suyun çağıldadığı yer hem yara. Böyle bir gözü vardı. Bu kadın gece vakti tam bir trans. Şehrin vecd hali.

Eve sağ salim geldim. Bunu başardım. Asansördeki aynaya yaslandım. Asansörde muhakkak ayna olmalı. Giderken ve dönüşte bir bakmalı insan suretine. Her zamanki gibi kapıyı çalmadım, kimse kalkmasın yerinden. Sonuçta baba değil anne geldi. Tören gerekmez. Hiç durmama stresinden tansiyonum düşmüş olabilir. Anahtarın dönmesiyle gözüme görünen şey, insanların ters görüntüsü. Yüzler balon gibi uçuşuyor sanki. Gözlerimin optik işleyişinde bir aksama var.

Girişteki çapraz aynada tuhaf suretler. Kızım kaşlarını almış küçücük yaşına bakmadan. Nasıl da asimetrik, komik, şefkati hak ediyor. Eşitlemeye çalıştıkça Adile Naşit'e dönmüş yüzü. Büyümüş tamam, mesaj alındı.

Bugün eve erken gelmiş nazlı kocam. İçine düştüğü gazete haberleri kadar bile merak etmedi beni. Gecikmemi umursayan olmadı. Biricik oğlum hırçın ve asi, uçmayı istiyor bizden en uzak olan yer neresiyse oraya. Şehrin onu yutmasını bekliyor heyecanla. Evdeki herkes bir tasarım harikası. Kesintisiz güç kaynaklarım. Yine de içimde büyük bir boşluk. İşte ben bu şımarıklığımla nasıl baş edebilirim.

Selam millet dedim. Yemek yediniz mi diye sordum yemiş olmalarını dileyerek. Yemişler. Oley. Üzerimden büyük bir dağ kalktı. Şimdi bu haberin yarattığı sevinç patlamasıyla sadece kendim için küçük bir tepsi hazırlayıp televizyonun karşısına geçebilirim.

Sonra çamaşır katlarım. Teker teker elimle kalıplarım çoğunu. Ütü sadece olmazsa olmazlar için. Her sabah kalkıp sadece yaşama mucizesini tekrarlasam. Bir süre böyle gitse hayat. Herkes beni kutlasa, yine hayatta yine ayaktasın diyerekten.

Birden hepimizi bu salonda toplayan yaşam gerçekliğinden uzaklaştım. Hiçbir şeyin eskisi gibi olamayacağı gibi hislerle doluydum. Evdeki insanların halleri duruşları kızımın incecik boynu kocamın yüz çizgileri yabancılaştı.

Televizyonun sesi kısık. Bakan yok ama o akmaya devam ediyor. Oğlumun mutfağa gidişini hissettim. Bir kek aldı onu ısırıyor. Bu tadı biliyorum. Ağzında şu an dağılmakta olan şey, dün gece karıştırdığım malzemeler. Şimşek hızıyla. Dört yumurta bir su bardağı süt bir paket vanilya yarım paket un kabartma tozu bir çay bardağı yağın, biraz ceviz ve kuru üzümle karıştırılması, cevizin ve üzümün karışıma sonradan ilavesi ama biraz tarçınla. Doğru yağlanmış kalıba. Yüzyetmiş derece. Otuz dakika. Isırabilirsiniz.

Temizlik için öteki odaya geçtim. Yorgundum elbette ama yeni bir ruh vardı üzerimde. Son gün ruhu. Sabah erken çıkacağım için hazır olsun ev kalanlara. Toz aldım şevkle gece vakti. Pencere pervazlarını sildim ev hanımı komşularımın hayret ve kınama dolu bakışlarından sakınarak, durumu kollayarak. Çiçekleri suladım. Bir ağırlığı vardı her hareketimin. Sondan bir önceki anımı bulmaya çalışan bir ağırbaşlılık.

Bağışıklık sistemimize saldırdığı için savaşılması gereken serbest radikal moleküller yeni düşmanlar olarak ilan edildiğinden beri onlarla savaşın önemli bir parçasıyım. Düşman kim, onu kim biliyor tam olarak. Bu şehir neyin üzerinde yüzüyor? Mutfağa gidip bir çay demlesem aklımız başımıza gelir mi. Anemon çiçeği siparişini verdi mi acaba elemanlar. Servisin arabanın orijinal anahtarından yaptırması kaç gün sürer. Genç banka müdürüne de köpek balığı karaciğeri yağını önersem mi. Perihan Hanım'a evhamlarını bastırmak için sarı kantarondan yapılma St. John's Wort hapı iyi gelir mi. Anahtarı kim almış olabilir. Düz kontak her seferinde işe yarar mı. Ben bu hayata sürgit daha ne kadar dayanabilirim.

---

* Anemon Çiçeği, Sel Yayıncılık tarafından hazırlanan bir öykü projesi için kaleme alınmıştır.

CEMİL BEY'İN MELANKOLİK KARISI

Tirebolu Sokak No: 5/1 adresini mahallede bilmeyen yoktur. Ev Feza Apartmanı'nda giriş katının kuzeye bakan tarafındaydı. Saime Hanım karşıdan karşıya geçerken yayalara yeşil yanmasına hiç aldırmayan bir aracın altında kalıp can vermeden önce iki oğlu ve kocasıyla birlikte burada yaşardı. Yıllarca şifa dağıtmak için ev ev dolaştı. Gece yarıları bile insanların kapısını çalmasına, bir hasta için üç beş kişinin birden evine doluşmasına izin verdi. Şimdi emekli hemşiremizin ahirete göçmesiyle herkes öksüz çocuklar gibi sahipsiz kalakaldı sanki. Mahalledeki çoğu evlerde hem aile büyüklerinin hafızalarının en sağlam yerinde saklanan, hem de kolayca görülsün diye en belirgin yerlere yapıştırılan adres ve telefon numarasını, yerinden söküp çıkarmaya kimse kıyamıyordu. Hiç kimse beklenmedik ölümle gelen şaşkınlığı üzerinden atamamıştı.

Emekli astsubay Cemil Bey'in sabahlara kadar yanan ışığı sönmüştü artık. Saime Hanım'ı uyutup sabahlara kadar televizyon seyrederdi, sözüm ona emekliliğin tadını çıkarmak için. Şimdi o renkli tüllerin arasında avizenin çıkardığı ışık oyunları gitmiş, hiç kapanmayan televizyonun yarattığı mavi-beyaz aydınlanmalar kaybolmuştu. Pencere ve balkonların kenarlarını hiç boşluk bırakmadan dolduran rengârenk begonyalar, sardunyalar, hüsnü yusuflar birer birer ölmüştü ölenin ardından. Cemil Bey hızını alamayıp apartmanın ortak bahçesine de ortancalar dikmişti çocukları başına toplayarak, bir şölen havasıyla. Şimdi onları da suladığı yoktu. Oğullar babalarına destek olacakları yerde şehir dışında iş bulup çekip gittiler. Çünkü onları babalarıyla bir arada tutan uzlaşı zeminini ustalıkla kuran anne yoktu artık. Herkesin hakkını herkese teslim eden sevgi ve şefkat yumağı. Bazen geç vakit işten dönen kocam, Cemil Bey yine televizyon seyretmeye başlamış, ekran açık uyuyakalmış Allahualem diyordu. Ne olacak bu adamcağızın hali diye hayıflanmaya başlamıştı. Bu böyle sürüp giderken Saime Hanım'ın ölümünün üzerinden henüz on bir ay dokuz gün geçmişti ki bir düğün davetiyesiyle sarsıldı mahalle. Sade ve geri dönüşümlü bir kâğıttan. Saime Hanım'dan öğrenilen bir şey bu. Kısaca nikah törenine katılırsak mutlu olacaklarını bildiren nazik bir cümleydi Cemil Bey'den gelen.

Düğün yemeği taze gelin Ünzile'nin memleketi olan Adapazarı'nda verildiğinden komşulardan kimse gidemedi. İnsanlar Saime Hanım'ın yerine gelen yeni gelini hayırlamak için gittiklerinde olaya katılmaya pek yanaşmadım açıkçası. İçim almıyor daha toprağı soğumadan diyerek komşuları biraz suçlamaya da kalkıştım. Arkadaşım öleli neredeyse bir yıl olmuş. Cemil Bey erkek cinsinin sınırlarını zorlamış, ortalamaları kat be kat aşmış, neredeyse rekora gidecek bir süre yas tutmuş bile. Artık makuldü bu gelişmeler. Fakat benim durumum farklıydı. Ben Saime Hanım'la iğne yaptırma tansiyon ölçtürme pansumana çağırma serum taktırma dostu değildim. Şifalı otlarla bir iki kez yüzümdeki lekelere ilaç yapmıştı yapmasına ama bizim dostluğumuz böyle çıkar ilişkilerini fazlasıyla aşan bir mevkideydi.

Aradan aylar geçmiş. Komşuyuz yüz yüze bakıyoruz, ikide bir apartmanın önünde ya da tam kapıdan aynı anda girerken karşılaşıyoruz. Hemen selam verip gülümsüyor Ünzile. Öyle masum yüzlü bir kadın ki. Cemil Bey havalara uçuyormuş. İki kıymetli oğlu da iş bulup başka şehirlere gidince çektiği katmerli yalnızlık acılarını unutmuş bile. Sıfırdan yeni bir hayat, yeni eş yeni eşyalar. Ne kolay sünger çekti yaşananların üzerine diyordu komşular. Ne kolay başladı yeni bir hayata. Herkesin içini Allah bilir. Dedim artık hayırlamanın, hayatın doğasına baş eğmenin vakti. Hem kadının ne günahı var ki. O gelmese başkası gelecek.

Ünzile mutfağa gidince elimde olmayarak hızla eve göz attım. Her şey ne kadar değişmiş. Herkes kendi damgasını vurur eve. Meşrebine göre. Salona yemek kokusu sinmiş. O tozpembe uçuk kaçık perdeler gitmiş yerine bordo renkli kadife perdeler asılmış. Eve ağır bir hava gelmiş. Ünzile harbi kadınmış doğrusu. Hemen konuya girdi. Akşam kocası ilk kez ölen karısını anlatmış. Onu ne kadar çok sevmiş olduğundan, iyiliklerinden kendisini her zaman şaşırtacak bir şeyler bulduğundan, çocukluğunda çok yoksulluk çekmiş olmasından, hemşireliği bir melek kadar içtenlikle icra ettiğinden hastalarının ondan ayrılırken döktükleri gözyaşlarına kaç kez şahit oluşundan ama şimdi Ünzile'yle evlendiği için ruhunun ne kadar şad olduğundan ve daha birçok şeyden söz etmiş, ağlamaya başlamış. Ünzile çok duygulanmış, yüreği

bir hoş olmuş, bütün gece konuşup birlikte ağlamışlar. Baka-
kaldım pembe terlemiş yanaklarına. Yüzüne yayılan yüceliğe.
Hacmimin küçüldüğünü hissettim. İçimde hızla bir çember-
in içinde çevrilip duruyordu bu yeni çiftin aymazlığına duy-
gusuzluğuna dair düşüncelerim. Cemil Bey'e olan bütün kız-
gınlığım elimde kaldı sanki. Yaptığımız dedikodular, için için
diş bilemelerimiz, selamını yarım yamalak alışlarımız, sessiz
protestomuz, hepimiz ölmüşüz de ardımızdan hemen yeni
bir kadın bulunmuş gibi erkeklerle toptan güven bunalımla-
rına girmemiz. Etrafa bakınıyorum. Bir şey arıyorum tutuna-
cak. Gözlerimi kaydırıyorum sağa sola. Sehpaların üzerine
örtülmüş olan biraz salaş yıpranmış hatta antika diyebilece-
ğimiz örtüler nereye gitti öyleyse. Sandıktan çıkmış yepyeni
dantel takımlar örtülmüş. Ünzile'nin bütün genç kızlığı bo-
yunca bunları işlemiş olduğuna dair en küçük bir kuşku bile
duyulamazdı. Öylesine uyum içindeydi bu nakışlarla. Kalıp
gibi birörnek örtülerin takım halinde her şeyin üzerine örtül-
müş olması, evdeki düzenin tamamen değiştiğinin başka bir
hayata geçildiğinin, değişimin çok keskin olduğunun haber-
cisiydi. Salondaki yeni düzen bana son derece heyecansız,
oturmuş durmuş herkeste olanı tekrarlamış gibi göründü.
Öte yandan da Ünzile'nin kocasının eski eşi için birlikte göz-
yaşı dökmesini de bu dantellere borçlu olabilirdik. Örülür-
ken inceltilen düşünceleri, ince fikirleri merhameti iyi bili-
yordum. Bu gözyaşlarını yıllar önce dantel işlerken birbirin-
den zor motifleri karınca duası okur gibi zar zor ilmek saya-
rak ortaya çıkarırken hazırlamıştır, neye hazırlandığını hiç
bilemeden.

   Kendine güvenen çekinmesiz ve doğal biriydi Ünzile.
Yakın arkadaşmışsınız, nasıl biriydi Saime Hanım deyiverdi
rahat bir ifadeyle. Gözbebeklerinin sağa sola hızla hareket

etmesi dudağının yanındaki seğirme, koltuğun ucuna doğru gelip dimdik oturması birazdan tehlikeli sulara açılacağımızı gösteriyordu. Biraz önce acımayla karışık bir sevecenlikle ölü rakibinden bahseden Ünzile'nin duymak istediği şey ne olabilirdi. Yüzü endişeyle gerilmiş kızarmıştı biraz. İnce bir hat üzerindeydim ama geri çekilmeye hiç niyetim yoktu doğrusu. On yıl içinde Saime Hanım'ın kendini aşmak için verdiği amansız mücadelelere tanık olmuştum. İçindeki fırtınalara neredeyse elimle değecek kadar yakın olduğum zamanlar. Gerçi o bunları dışarıya her zaman sakin ve doğal bir hal olarak yansıtmıştı. Oysa şehrin bir ucundan bir ucuna dolaşıp içini harekete geçiren her kitaba her resme ulaşmaya çalışması çok büyük bir patlamaya işaret ediyordu.

Bir gün vapurdan indiğimizde hava iyice kararmıştı diye anlatmaya başlasam mı Ünzile'ye. Beni bir telaş aldı desem. Evde olmam gereken bir saatte dönüş yolunu daha yarılamamıştık bile. Çocuklar evde bunalmaya başlamıştır. Alıştıkları bir düzen var ne de olsa. Eve gelindiğinde kapıyı anne açacak, sofra kurulu olacak. Sonra çaylarına attıkları şekeri bile anne karıştıracak. Ödevler birlikte yapılacak. Formalar ütülenecek. Öyle. Günlük ritmimin dışına çıkmanın faturasını ödemeye hazır olmalıydım. Benim tersime sakindi Saime Hanım. Bugün çok güzel şeyler gördün dedi, her şeyin bir bedeli var. Fedakârlık etmeden olmaz. İçim sıkılmıştı. Havada çığırından çıkmış bir akşam melankolisi vardı. Hava kararınca çiçeklerin bile rengi değişiyormuş, daha bir mesaj yüklü oluyorlarmış ona göre. Güneşin batma saatlerinin yol açtığı insanlık hallerinden, ruhunda oluşan alt üst oluşlardan dem vuruyordu Saime Hanım. Tuhaf cümleler, kendinden geçmiş laflar. Bu birlikte ilk etkinliğimizdi ve içimden tamam da ben artık seni ne dinliyor ne anlıyor ne de alışabiliyorum bugün olanlara demek istiyordum 'ona; beni kendimden geçiren akşam havasında eriyip giderek. Bir melek gibi hastalar arasında koşturup dururken, hastane kokusunun saçlarına gözlerinin içine derisine hâsılı bütün bedenine sindiği yıllar boyunca, nöbet odalarında çay ve simit yerken gülüşürken konuşurken içinden hep başka sulara akıp durmuş demek. Resim yapma isteği köyde geçen çocukluğu boyunca tarlaları, başaklar gibi eğilip doğrulan insanları seyrederken mi oluştu kim bilir. Hava kararmıştı iyiden iyiye ve ben ona hiç belli etmemeye çalışarak sessiz sedasız bunalım geçiriyordum. Kemiklerim zorla bir arada duruyormuş da her an dağılıp gidebilirmişim gibi tek parça kalmaya çalıştım. Eve gitmek istiyorum. Kocamın hoşgörülü ama aynı zamanda çatışmalı ve çözülmesi zor yüzü önüme dikiliyor. Benimle artık fazla vakit geçirmek istememesinin getirdiği sıkıntı billurlaşıyor akşam vakti. Kariyerinde hızla yükselmesi evde gereken neşeyi coşkuyu sağlayamıyor nedense. Ortak bir konumuz kalmadı. Kendimi geliştirmem için birçok öneriler ileri sürmeye başladı. Sana haksızlık ettim, gözünü açtırmadım, kendini geliştirmeni engelledim hep diyerek, benden taraf konuşur gibi yaparak aradan gelişmemişliğimi yükseltiyor sanki. Aramızda ince bir savaş yaşanıyor. Evimde yuvamda mutlu olduğumu söylerken yüzündeki tepkileri yokluyorum, gözlerinin tam içine bakarak, işte o zaman nasıl paniklediğini, kendini yetiştirip benimle konuşacak bir şeyler paylaşacak hale dönüşmelisin cümlesini hangi dolaylı lafların içine gizlemeye çalıştığını görebiliyorum. Bunu yüzüne vurdum ama kaç kere. Birbirimizi tartıp duruyoruz uzun zamandır. Şimdi sana bir yol açmam lazım diyor. Bunu sıklıkla söyler, neyin yoluysa. Peki sorun ne. Sorun tam ben açılan yollardan birinde yürümeye başladığımda baş gösteriyordu. Evde bir iki küçük aksaklık oluyor ister istemez. Bu sefer de evi kusursuz çekip çeviren mükemmel ev kadınları gündemimize bomba gibi düşüyordu nedense. Sonra yanlış yoldayım galiba diye yoldan çıkıp tekrar eve yoğunlaşıyorum.

Bunları açık açık anlattım bir gün Saime Hanım'a. Kanmayacaktın sen bu sözlere dedi, içini dinleyecektin. Nasıl mutlu oluyorsun iyice yokla kendini, şu dünyada nelere tanık olmak nasıl gelip geçmek istiyorsun. Zamanını iyi örgütleyerek, evi de ihmal etmeden gündelik hayatı aşabilirsin pekâlâ.

E ben de hepten bırakmıyorum ki ipin ucunu. Her sabah ayakkabıları boyarım. Ütüsüz bir bez parçası bile bırakmam. Herkesin gönlünü hoş edecek, neredeyse kişiye özel denebilecek türlü çeşit yemekleri yapar koyarım mutfağa. Misafirleri mükemmelen ağırlarım. Aynaya baktığımda bana en yakışan hayatın hangisi olduğunu anlayamıyorum sadece. Saime Hanım'la çağdaş sanat müzesine gitmemin nedeni aldığım bir resimdi. Şemsiyeli bir kadın son derece pastel renkler arasında. Bunu bir yerde görmüş ve alıp eve asmıştım. Bu kadına bakıp hayallere dalardım bazen. İçimin katları arasından bir yerden çıkmasını istediğim belli belirsiz bir kadını simgeliyordu. Süslü şemsiyesi, dimdik duruşu, kabarık elbisesi içinde çılgın bir tabiatı ustalıkla gizlemesi çok etkileyici olduğu için almıştım onu. Bu çılgınlığı keşfetmek resimle aramdaki sırdı. Ressamı Monet'miş. Ülkemize gelen orijinal yirmi parçadan oluşan sergisine götürmüştü beni Saime Hanım. Ne kadar etkilendiğimi anlatamam. Başka resimleri de çok etkileyiciymiş gerçekten. Rüya gibi. Fakat gerçek şuydu ki kendimi geliştirmekte haddi aşmadan eve dönmek zorundaydım.

Vapurdan indik ya hemen çiçekçi kadınların yanına. Saime Hanım'a el etti çiçekçi kadın. Taze çiçekler bitmiş. Bir

demet leylak verdi. Önceden tanıyorlar birbirlerini öyle tek-
lifsiz konuşuyorlar. Yoğurtçusu kuaförü kitapçısı derken çi-
çekçisi de var anlaşılan. Akşamın bu civcivli saatinde ona
kim seslenip de koca bir demet leylak verir parasız pulsuz.
Üstelik arasan bulunmaz bir çiçek.

Hemen böldü Saime Hanım bana verdi bir iki ince dal.

İnce bir kadınmış Cemil Bey'in yandığı kadar varmış eski
karısına der içi burkulur şimdi Ünzile'nin, her şeyi anlatsam.

Satılan bir çiçek değildir ki isteyen parayı verip alsın.
Öyle bakıyor insanlar çiçeğimize. Bir adam yaklaştı alacaka-
ranlıkta. Bir parça leylak istedi. Bir dal. Öyle havadan bedava
verildiği kaçmamıştı gözünden. Yanındaki kadını işaret etti.
Nasıl mutlu edebilirim gibisinden. Göz ameliyatı olmuş yaş-
lıca bir kadındı. Omzuna aldığı şalına sıkıca sarınmıştı şu ba-
har gününde. Bantlıydı gözleri. Adam belli ki biraz hava al-
sın da karamsarlıktan kurtulsun diye dışarı çıkarmış ameli-
yatlı karısını. Kadının bastonu da vardı sanırım. Yürüyüşü
bir sürprizle karşılaşmak için havayı yoklayan gözü kapalı bi-
rinin yürüyüşüydü. Leylak demeti eline değer değmez hafif
bir çığlık attı. Kadının yüzündeki ürperti her vesileyle belle-
ğimden çıkıp gelecek kadar etkilemiş beni. Küçük güzel mut-
luluk verici bir şeyin insanın eline birden değmesinin yarat-
tığı bir kıvılcımlık ateşli ürperti. Ürpertiyi devralarak endişe
ve kaygılar içinde kaçamak yapmış küçük bir kız gibi telaşla-
nıyordum geç kaldığımız için. Saime Hanım nasıl da yatıştı-
rarak bakıyordu, merhametle tutmuştu kolumdan, sonra
doğru taksiye atladık hızlanmak için. On beş dakikada evde-
yiz, ne tutarsa parayı paylaşırız. Bu kadar huzursuz olma.
Taksinin içinde bir leylak kokusu, dünya ahvaline dair bil-
diklerimizi altüst edecek cinsten.

Sevdiğin ressamla karşılaştırdım bak seni dedi kolumu sıkarak. Daha çok şeyler göreceğiz seninle. Sergiden sonra bir kafede oturmamız, kahve söylememiz, kitaplara bakmamız sanatlı şeylerden konuşmamız beni derinden sarsmıştı. Şoför bahçeden mi topladınız abla ne güzel koktu bu çiçekler dedi. Saime Hanım neşeyle uzanıp ön koltuğa bıraktı iki dal. Yüzü iyice gerilmiş gözlerinin etrafındaki kırışıklıklar silinip gitmişti sanki. Bu çiçekler tam yerini bulsun diye roman kadınlar ne çok bekletmişlerdi onları zulada kim bilir. Peki Saime Hanım çiçekçi kadınlara bile kendini nasıl bu kadar sevdirmiş. Onlara kim bilir ne hediyeler vererek, gönüllerini alarak. Taksiye binmemiş olsaydık eve kadar çiçekten iki sap bile getirmek nasip olmazdı çünkü bizden çok daha fazla hak etmiş kişilere dağıtılmış olurdu muhtemelen. Zaten apartmanın girişinde ilk karşılaştığımız komşuya verivermişti elinde son kalanları. Mutmain bir kadın. Bu doymuşluk nereden. Ben elimdekileri sımsıkı tutmuş onlara Serpil ismini takmıştım. Böyle eşyalara bitkilere her şeye isim takma tuhaflığını da onda görmüştüm ilk kez.

Sonra kış geldi. Mevsime girişimiz çok farklıydı. Saime Hanım Bütün zillere basarak komşuları çağırıyordu. Akşam karanlığında yedi sekiz kadın mahallemizin çamlığına kadar düşe kalka yürüdük karların üstünde. Çamların altına girip ağaçları silkelemeye başladık birbirimizin üzerine. İnanılmaz eğlenceliydi. Daha önce hiç düşünmemiştim yaşamamıştım böyle bir şey. Söyledim bunu Ünzile'ye.

Sizin bilmediğinize ne bakıyorsunuz, biz köyümüzde bunu her zaman yapardık dedi Ünzile. Çocukluğum yaylalarda ormanlarda geçti dedi küçük bir zafer kazanmanın kıvancıyla.

Saime Hanım ilkokuldan beri resim yaparmış gizli gizli. Emekli olunca evin bir köşesini atölyeye dönüştürmüştü. Renkleri büyük bir ciddiyetle karıştırmasını, bir sır ifşa edercesine dikkatle ve titizlikle tuvale çalışmasını görmüştüm bir gün. Resim sanatının tarihine, ekollere, o ekollerin temsilcilerinin gizem dolu hayat hikâyelerine dair ne varsa küçük heyecanlı bir genç kız gibi okuyordu kitaplardan. Birçok resmin sahibini ezberden bilirdi. Benim evin girişine astığım Monet tablosunu görür görmez tanımıştı mesela.

Apartmanımızın kamelyasını da şenlendiren oydu. Bir gün baktım çay demleyip termosa koymuş, yanında da koca bir tabak abur cubur, masaya örtü sermiş, bardakları dizmiş oturmuş. Balkondan olanları görünce birileriyle sözleşmiş de beni çağırmamış diye düşünerek epeyce içerlemiştim doğrusu. Hayretle seyretmeye başlamıştım. Alışverişten gelen ya da çocuğunu okuldan almış çantasını taşımış da yorgun düşmüş komşuları buyur ediyordu herkesi şaşırtarak. En nemrut yüzlü kadınlarda bile hayretle karışık bir gülümseme yaratmayı başarmıştı sonunda. Kendine göre herkesi şaşırtarak ezber bozdurarak emekliliğinin tadını çıkarıyordu. Yıllar süren yoğun mesai yüzünden ertelediği, hasret kaldığı her şeye delice dalmıştı. Ölümünden bir hafta önce de arkasından en fazla sarf edilen söz, nereden geliyor bu enerji, cümlesiydi. Çünkü Nisan sonlarıydı ve sokağımıza kocaman bir ateş yakmıştı. Yakaladığı bütün çocuklara ateşin üzerinden atlamayı öğretiyordu. Heyecanlı neşeli ama bir yandan da korku dolu haykırışlar yüzünden hepimizi pencerelere dökmüştü. Çocuklar o kadar mutluydu ki kimse itiraz etmeye veya çocuğunu eve çağırmaya cesaret edememişti. Sadece neler oluyor diye yüreğimiz ağzımıza gelerek seyre dalmıştık.

Cemil Bey tersine çok ağırbaşlı biri. Bu kadınla nasıl yapmış bunca yıl diyerek hayretten hayrete düştü Ünzile. Söylemesi güçtü ona ama böyle insanlar insana ne istediğini unutturur. Cemil Bey ne istediğini bilmiyordu aslında. Fakat bulduğu şeyin tam da istediği şey olduğu hissini yaratacak güçte bir kadınla karşılaşmış, özgürce isteme şansını hepten kaybetmişti. Evliliğin ilk yıllarında Saime Hanım ne değilse onu isteyerek biraz huysuzlandıysa da zamanla bulduğunu istemeye kaptırmıştı kendini. O ise bir kararda durmuyordu. Onu çekici kılan da kendi kafasına göre yaptığı işleri evde genel bir mutluluğa çevirme, hoşnutluk yaratma kabiliyetiydi. Bünyesinden dışarı doğru sızan bir doluluk yaratma haliydi onunki.

Şimdi söylenmez ki bu hassas ve diken üstündeki Ünzile'ye, Saime Hanım zıtlıklar tuhaflıklar içinde müstesna bir atmosfer yaratıyordu kocasına diye. Muhtemelen oğlanları derslerinin başına oturtunca o da tuvalinin üstündeki örtüyü açıp çalışmaya başlıyordu. Cemil Bey bu resim işi ailenin tekdüze yaşamına renk kattığı için çok memnundu demesine göre. Bir gün sabah erkenden resmin örtüsünü kaldırıp dalmış gitmiş Cemil Bey. Kendi kendine mırıldanırken yakalamış Saime Hanım onu; bu ben miyim, neden profilim durgun, arkam hayata dönük neredeyse, elimdeki dalla toprağa ne çiziyorum, neden böyle yaptı acaba. Resimdeki tasvirin ne manaya geldiğini çözmeye çalışıyormuş, Saime Hanım'ın mutfakta yemek yapmasını fırsat bilerek.

Çok çabuk kaynaşmıştık Ünzile'yle. Bendeki çabucak yoldan çıkma cevheri kolayca yoldan çıkarma cevherine dönüşebileceğinden, belki de kaldığımız yerden devam ederdik onunla. Anlattıklarıma çok gıpta ettiğine göre rolümü biraz değiştirip ben de ona bazı cazip tekliflerle gidebilirdim. Aslında Saime Hanım'la enerjilerimiz denk değildi. Kitaplarını ödünç alıp okumak, bu şehirde ona takılarak çok güzel şeyler keşfetmek istemiştim evet ama bir yere kadar. Önceliği yuvamı korumaya ve kollamaya vermek zorundaydım açıkçası. Onun çocukları büyük ve kendilerini kurtarmış gibiydi. Ben öyle miydim ya. Biraz mesafe koyma, allak bullak olan dünyamı yeniden düzenleme, kendi kontrolümü yeniden ele geçirme azmi kaplamıştı her yanımı. Bunu ona kırmadan nasıl belli edebilirim, nasıl biraz mesafe koyup kendime doğru çekilebilirim diye içimden alıp verirken, ikimizi birlikte Avrasya koşusuna kaydettirdiğini gösteren numaralı kayıt belgeleriyle çıkageldi. Pazar günü on beş kilometre koşacakmışız. İşte buna gelemem dedim. Pazara üç gün var o zamana kadar fikrini değiştirirsin deyip gülerek gitti. Önceki yıl kocasıyla koşmuş, bu yıl dünya üstüme gelse beni televizyonun karşısından kimse kaldıramaz demiş Cemil Bey. Kupa maçı varmış çünkü. Sana ne elin Çekoslovakya'sıyla İrlanda'sından dediyse de ikna edememiş.

Pazar sabahı sözleştiğimiz gibi erkenden uyanmıştık. Evdekilerin kahvaltılarını hazırlayıp ayaklarımızın ucuna basarak çıktık evden. Avrasya koşusu deliliği. On beş kilometre koşmak, çoluk çocuğu kan uykularda bırakıp. Üç beş litre su içerekten. Su gibi ter dökerek. İnanılması zor ama ilk bine girmişiz. Üç yüz bin kişide ilk bin. Hiç fena değil doğrusu. Benim gibi mahallesinden bile fazla dışarı çıkmayan hareketsiz bir kadın için. Köprünün korkuluklarına yaslanıp fotoğraf çektirmiştik. Bu korkuluklara yaslanmak ve neşeli pozlar vermek irkiltmişti bizi bir an. İnsanların ölmek için köprüden aşağı atladığı yer burası. Tarifsiz kederler içinde. Belli ki tutunmanın manasız olduğu sıfır noktası diye bir şey var.

Kurtarmaya çalışanlara yumurta fırlatırız neredeyse öfkemizden, bırak atlasın numaracı, sıkıysa karışıp gitsin bıçak gibi kesen sulara. Gözümüze sokmasın kimse acısını. Öyle değilmiş. Buradan bakınca yaşamla ölüm arasında gidip gelen sarhoşluğun nasıl oluşabileceğini hissediyor insan. Ulusal intihar köprüsü. Normalde yaya trafiğine kapalı olan bu alanda bir de tam korkuluklara yaslanarak durmak çok karmaşık duygular yaratmıştı bizde. Aşağıda boğaz seriliydi. Ayaklarımız su toplamış. Saime Hanım'a baktım. Benden çok daha dayanıklı ve güçlü. Kırk yaşına gelmeden kırk yaş korkularımı atlatmıştım sayesinde. Gerçekten köprüdeyim. İnanılır gibi değil. Binlerce insan. Çoluk çocuk. Hatta ikiz bebekleriyle gelenler. Tam bir karnaval. Birden panikliyor insan. Bu köprü böyle binlerce insanı kaldırır mı diye. Sonra da tonlarca arabayı içinde insanlarla beraber taşıyan köprü kuru bedenlerimizi mi taşımayacak ferahlığı. Özellikle gençler guruplar halinde gelmişlerdi. Herkes kendine göre bir koşu kıyafeti hazırlamış. Günün her saati yoğun trafik yüzünden arabalarla milim milim geçilebilen köprüyü adımlama şansı doğmuştu nihayet. Muhteşem bir duyguydu doğrusu. Bu köprüyü yürüyerek kat etmek içimde yoğun sorgulamalara neden olmuştu. Saime Hanım'a belli etmeden kendi içimde küçük bakir vahşi ama kimsenin bilmediği bir patikaya dalmıştı ayaklarım. Her şeyi bırakmış ve kendi yoluma çıkmışım gibi bir duygu. Budist rahiplerin yolsuzluklara karşı yürüyüşünü görüntülemek isterken bir Japon gazetecinin rejimin askerleri tarafından vuruluşunu hatırladım. Düştüğü yerde hâlâ görüntü almaya çalışmasını. Biri de onun ölüşünü görüntülüyordu. Bize ulaşan görüntüler. Elbette onu da çeken biri vardı. Sonsuza kadar birbirimizin fotoğrafını çekmeye hayatı belgelemeye çalışıyorduk sanki. Köprüde yürüyen kadın görüntüsünden başka neydim tam olarak. Durmadan resim çekenlerin objektifine ne tür impelerle takılacaktım kim bilir. Köprüde yürüyen insanlara tanık olan bir kadın olarak. Bu parlak düşünceler bu derin hisler bendeki gelişmeye delaletti, bunları anlatacaktım Saime Hanım'a, bu tanıklık neye yarar son tahlilde, rolümü iyi oynuyor muyum şu dünyada diye soracaktım ama baktım o köprüden aşağı bakarken adeta büyülenmiş, duymuyor bile beni.

Köprüden aşağıya ne de güzel bakmıştık. Ortalık derya deniz. Boğazın akışı o kadar açıkça görülebiliyordu ki bir süre sonra bu büyüyle hipnotize olmamak imkânsız. Her şey bir dokunuşa bakıyordu sanki. Çok yüksekteydik çok. Evlilik öncesi kendini kanıtlamak için Mostar köprüsünden atlayan gençlerin tereddütsüz tavırları aklıma gelmişti. Hiç kolay değilmiş delikanlılık işleri. Tepede hiç beklenmedik yakıcı bir güneş. Siperlikli bir şapka giymişti Saime Hanım. Her tedbiri düşünmüş. Bir keyifle çıkmış. Birden sırt çantasını indirdi. Şimdi su verir bana dedim. Suyum vardı Allah'tan. Bir havayla çıkardım tedbirli ve akıllı bir kadın olarak. Hatta onun için de bir şişe almıştım ihtiyaten. O ise birden plastik bardakları çıkarıp elime verdi. Geçmek mümkün değildi onu. Küçük bir termos çıkardı. Sıcak su. İçine de bergamotlu bir sallama çay. İnanamamıştım. Tam köprünün ortasında. Herkes bize bakıyor. Canı çekti milletin. Etraftan bir iki kişiye seslendi bardağı olan gelsin diye. Bolca çay almış. Birkaç bardaklık su var. İnsanlar mest oldu. Madalyayı almamız lazım, ilk bine girenlere tişört de veriyorlar dedi aceleyle. Yola devam yani. O önde ben arkada koşuyorduk. Benim ayaklarımı şimdiden su toplamıştı. Spor ayakkabım ne kadar rahat olursa olsun sürtünmenin şiddetinden yara açılmıştı belli ki.

Köprüye kadar bir kilometre yürümüştük. İki kilometre de köprü. Taksim meydanına o kadar çok vardı ki. Sık dişini diye bağırıyordu geriye doğru. Madalyayı düşün.

Saçmaydı her şey. Artık hiç keyif almadan sürükleniyordum. Madalyam olmuştu sonunda ama bu bana haftalar süren tedaviye mal oldu.

Yürürken koşarken durmadan konuşurduk. Hiç susmazdık. Çocukları, okulları, Türk eğitim sisteminin meselelerini, hangi partiye oy vereceğimizi, apartman yöneticisinin tayin ettiği servis saatlerinin saçmalığını, komşular arası hak ihlallerini, yeni çıkan mobilyaları, askeriyenin hayatımıza yerli yersiz müdahalesini. Onu apartman yöneticiliği için teşvik ediyordum uzun zamandır. Pek gönüllü değildi ama yine de uzun uzun başkan olsa çevreyi nasıl düzenleyeceğini, apartmanın iç ve dış bakımını nasıl yapacağını, yönetim kurallarını nasıl yeniden yazacağını, en uygun temizlik günlerini, sığınakta hepimize ayrı ayrı kapısı kilitli bölmeler yaptıracağını, bahçeye hangi çiçekleri nasıl bir düzen içinde ektireceğini öyle bir anlatıyordu ki artık mevcut yönetimin başıboşluğuna iyice dayanamaz olmuştum. Çünkü görülen o ki çok daha iyi bir yaşam alanı sağlamak mümkündü küçük bir çabayla.

Avrasya koşusundaki eşsiz başarımızdan sonra hiç ara vermeden her sabah erkenden çıkıp yürümeye karar vermiştik. Öylesine bir karar. Bu koşunun ardından bir hafta yerimizden kalkamayacağımızdan emindim. Sabah gün ışırken kapı çaldı. Kapının gözetleme dürbününden bakıp karşımda Saime Hanım'ı görünce pes doğrusu dedim. Giyinmiş süslenmiş. Oysa ben bu yürüme işinin boş bir hayalden ibaret olduğunu düşünmüştüm. Yüzünde geniş ve pürüzsüz bir gülümseme.

Sessizce hemen eşofmanlarımı giyip çıktım dışarı. Söz verdiğime bin pişman olmuştum; bir yandan da, aslında bu işin üzerine gitmenin ne kadar iyi bir fikir olduğunu için için onaylayarak. Sabah ezanından hemen sonra. Namazı kılıp fırlıyoruz. Gün ağarır ağarmaz. Camiden çıkan adamlar evlerine dönüş yolunda oluyorlar. O saate kadar hâlâ yarı uykulu olsalar bile bizi görünce tamamen kendilerine geliyorlar. Öyle ya bu iki kadın nereye gidiyor böyle. Kimsede uykunun u'su kalmıyor. Sonunda cami cemaatinin kafasını karıştırmamak için biraz geç çıkmaya karar verdik. Sadece köpekler ve biz oluyoruz sokaklarda. Hiç haykırmazlardı. Sessizce yorgun ve umutsuz bakışlarla sürü halinde yanımızdan akıp giderlerdi. Dönüp bir kez bize bakmadan, bir şey ummadan, küskün ve kırgın. Bizi deneyerek imtihan ederek. Saime Hanım bunlar bizi imtihan ediyorlar, hallerini arz ediyorlar, ne kadar zayıf olduklarını görmemizi bekliyorlar diyerek dertlenmeye başlamıştı. Her gün yemek getirip plastik tabakların içinde bir köşeye bırakmaya başladık. Derin bir sessizlik içinde sokakları tembelce yürüyerek kat eden hayvanlar şimdi hareketlenmiş birbirleriyle hiçbir itiş kakış yaşamadan fakat sesli bir şekilde yemeye koyulmuşlardı. Sonra da bize doğru minnetlerini ifade ediyor sevilmek için neredeyse boyunlarını uzatıyorlardı. Sonra kediler toplaşmaya başladı artıklara. Onlara da yemek getirmeye başlayınca kuşlar yukardan yukarıdan. Sabahın ıssız sokaklarına vurmuştuk kendimizi. Evde herkes uyurken biz acayiplere karışıp gittik bir müddet.

Saime Hanım emekli olmuştu güya ama sokağımızda daha yoğun bir çalışma hayatına atılmıştı. İğne yaptırmak için gecede gündüzde kapısına dayananlar, serum taktırmak için eve çağıranlar, düşüp dizlerini yaralayan kafasına taş yiyen çocuklar, temizlik yaparken iş kazasına uğrayan gündelikçiler, kış gelince iki de bir grip olan yaşlılar, işte tüm bu insanlara bilgece aile hekimliği yapıyordu. Daha büyük hastalıklarda kim nereye gitmeli, hangi bölüme başvurmalı ona sorulmadan harekete geçilmezdi. Öyle güzel sarıp sarmalıyordu ki çocukların yaralarını, neredeyse düşmek ve bir yerini kanatmak moda olmuştu sokakta. Kime güvenip attın kendini yerlere ha! diye tatlı sert azarlasa da, sargı bezlerini modaya uygun dolayarak ya da üzeri resimli yara bantlarından takarak çocukları mutlu ederdi. Bana güvenip yaralanmayın, bugün varsam yarın yokum ben derdi. Böyle kendini paralamasına çok kızıyordum doğrusu, çoğundan para almadığından seni taciz ediyor, kullanıyor bu komşular, hak ettiğin parayı alsan bak bakalım her saat kapına dayanırlar mı diyordum. Böylece işi ciddiye alırlar, sana daha çok saygı duyarlar. Aslında kimi de onu terapist olarak görüyordu. İğne bahaneydi. Asıl iyileştirici kimya onun gülen yüzünde şifa veren tatlı sözlerindeydi. Dirilten dinginlik veren kelimelerinde.

Bir gün laf döndü dolaştı nasıl evlendiğimize geldi. Saime Hanım'ın evlenmesi de bir âlem. Kocasının babası çiftçiymiş. Onu bir gün hastanede görmüş beğenmiş. Oğluna göstermiş. Sonra hemen istemeye gelmişler. Kayınpeder Saime Hanım'ın babasına yarı şaka yarı ciddi bize kız vermeyecek kimsenin işi zor gibi anlaşılması zor ve manidar laflar ederek biraz gıcık verdiyse de bu, hayırlı işin olmasını engellememiş. Ailesi delikanlının astsubay olmasını çok olumlu karşılamış, rahat eder kızımız, askeriyenin avantajlarından yararlanır geleceği garanti olur diye düşünmüşler. Saime Hanım'ın sükûtunu ikrar saymışlar. Beğenmiş Saime Hanım Cemil Bey'i. Sakin duruşunun altındaki sevgi dolu bakışları hemen fark etmiş. Yere bakarken bile sarıp sarmalayan bir enerji yayıyormuş. Evlenmişler dualarla. Sonra toprağını elinden çıkarmış kayınpederi randıman alamıyorum diyerek. Bir süre sonra onlar da bir ev alıp bu büyük şehre yerleşmişler. Öteki oğullarıyla beraber pazarlarda satış yapmaya başlamış. Saime Hanım'a da getirirlerdi satılacak sebzelerden. Gülerek satardı bizlere. Evin balkonuna doldurdukları ürünlerden arabasına yükleyerek, lahana patates mevsimine göre taze sarımsak hatta nohut mercimek kuru bakliyat balkabağı taze ceviz fındık kuru soğan kereviz ne bulursa satıyordu Cemil Bey. Mahallemizin en ilginç insanlarıydılar neresinden baksan. Komşularla birbirimize haber verirdik Cemil Bey'de şahane bir kavun var, börülce de getirmiş bu hafta diye. Emekli olunca Saime Hanım evi inceliklerle işlemeye başlamıştı. Nöbetten nöbete giderken solup giden ne kadar hevesi varsa hepsi dirilmiş, evine büyük özen göstermeye başlamıştı. Duvarları saten boyayla bej rengine boyatmış, her odayı ayrı renkte ucuz ama uçuşan hayaller kadar uçarı perdelerle donatmıştı. Mutfak eşyaları konusunda da hem ucuz hem de yeni eğilimlere uygun eşyaların yerlerini ondan sorabilirdik artık. Apartmanın içinin boyanması, asansöre ayna takılması için yöneticinin kapısını aşındırıp duruyordu. Kapıların önüne terlik ya da ayakkabı bırakılmaması için her fırsatta ricada bulunuyordu. En büyük sorunu ise cümle kapısını açtırmak isteyen bir sürü ne idüğü belirsiz insanın onların ziline basmasıydı bir numara olduklarından.

Bunları hep yürürken konuşuyorduk. Mahallenin inişi çıkışı ve yürümeye hiç de müsait olmayan eğri büğrü yolları bizi öyle bezdirdi ki sonunda biz işi iyice ilerlettik. Sabahın erken saatinde, daha okul çocukları, gül yüzlü kocalar uykudayken benim arabayla sahile iniyoruz. Bomboş yola park edip hemen başlıyoruz kıyıdan yürümeye. Evsizler kanepelerde uyuyakalmış. Kayaların arasında sabahlayanlar. Kırılmış bira şişeleri. Akşam kabuklu yemişlerle sahil gezisi yapan insanların mısır koçanlarına kadar yola atarak pislik içinde bırakıp gittikleri sahil yolu. Bu bizi öfkelendirir çaresizlik içinde susardık. Hızlı bir ritimle bir saat kadar yürüdükten sonra arabaya bindiğimiz gibi evin yolunu tutardık. Saime Hanım sevgilisiyle gizlice buluşmuş yeni yetme bir kız gibi sessizce eve girişini hemen kahvaltı hazırlamaya başlamasını anlatırdı ertesi gün muzipçe. Ya da değerli bir vazo kırmış hizmetçi kızın suçluluğu. Gülerdik sonra. Eşlerimizin bir şey dediği yoktu aslında bu yürüme işine. Fakat yine de kadınlar olarak kendimizi sürekli suçlu hissetmemize yol açan bir işleyiş vardı bu dünyada. Yanlış olanın ne olduğunu asla bilemesek de kendimizi az biraz suçlu görmemize sebep olan bir düzen.

Neler okuyorsun derdim. Sen boş durmazsın. Bana anlat tam olarak ne anlatılıyor okuduğun kitaplarda, sen ne çıkarıyorsun bütün bu yazılanlardan. Film anlatır gibi heyecanla anlatırdı olanı biteni. Özellikle romanları konuşurduk. Kahramanların her halini analiz ederdik. Makul mü şimdi kadının bu seçimi diye bana sorardı ya da adamın çekip gitmesine ne diyorsun derdi. Her şeyi anlattırırdım uzun yollar boyu. Aklında ne varsa incelikle ele geçirirdim. Okumama gerek kalmazdı. Okuyamıyorum uykum geliyor hemen dediğimde, bünyen alışmamış, alıştırma yapacaksın derdi kat'i bir ses tonuyla. Masa başında oku, öyle yatağa uzanırsan uyursun tabii. Yanına bir kahve al. Elli sayfa okumadan kalkmayacağım diye bir hedef koy. Arayı soğutma. Yarım günden fazla ara verme. Hemen devam et kaldığın yerden, kopma kahramanların sıcaklığından.

Nasıl yazıyorlar böyle uzun uzun dedim bir gün. Ben okumaya bile dayanamıyorum, başım ağrıyor hatta hasta ediyor beni kitap okumak. Ben de yazabilirim, o kadar zor gelmiyor bu iş, okudukça yazmayı da gözüm kesiyor demez mi. Yazar mı yazar. Onu da yapardı yani. Emekli olunca yazmayı gönlümden geçirmişimdir hep diye anlatmaya başlamıştı. Ben öylesine sormuştum oysa. Şifahen kalbinden yazmaya başlamış bile. Genç kızlığımı yazsam Cemil Bey'le tanışmamı diye düşünüyordu. Kadınlar yazmak deyince hayatım roman deyince neden hemen hayatlarına giren erkekle başlarlar işe. Neden yaşamın bundan öncesi sanki sadece bu ana kavuşmak için geçen boş ve anlamsız bir süredir. Hayatımızın romanı bir erkeğin hayatımıza girmesiyle başlar. Bu olmasa hiç yaşamamışızdır, manasızdır hayat.

Konu Cemil Bey'in ışıdığı andı. Şimdi gelmiş bizim hastaneye beni görmeye, babasının demesiyle. Haberim yok tabii. Odama geldi güya niyetini hiç belli etmeden bir şey soracak. Saime Hanım siz misiniz dedi ilkin. Manasız şeyler sorup öyle yüzüme bakıyor. Kasabalı bir adam, belli ya bir özen var giyinişinde. Yanaklar kıpkırmızı. Kravat takmış seninki. Sorular herkesin bilebileceği cinsten aslında, danışmaya sorulması gereken hastanenin klinik servisleriyle ilgili sorular. Yorgunluktan aklıma gelmiyor ki neden ben, Saime Hanım diyerek beni aramanın ne manası var. Cevap veriyorum gitmiyor. Öyle mütereddit duruyor. Biraz sertçe başka bir şey var mıydı deyince çıkıp gitti garibim. Sonra ertesi gün yine geldi. Ne cüret ama. Anlaşıldı mesele. Bunu her kadın anlar. Ben de anladım şıp diye, anlamayacak bir şey yok ki, öyle durmuş seni alacam der gibi bakıyor.

Ne güzel anlatıyorsun yaz bunları, anlattığın gibi yaz hem de dedim. Gerisi yok ki dedi. Hepsi bu kadar. Bu kadardan bir şey olur mu. Sonrası mühim değildi. Gerisi herkes gibi yuvarlanıp gitme. Hayatında çakan en büyük şimşek Cemil Bey. Bir daha parlamamış yazacak bir şey. Öyle gözünü üstüne sabitlemesi ve tutkuyla bakması. Sonrası çocuklar, tartışmalar, iyi günler kötü günler, boşanmaya kalkışmalar, bundan iyisini mi bulacağım diyerek, merhamete bulanarak affederek affedilerek evliliğe yeniden sarılmalar. Ne olacak ki dedi. Ne olacak ki dedim. Budur herkesin işlediği. E öyledir ya. Bunları anlatmaya hiç gerek yoktu Ünzile'ye.

Ramazan geldiğinde de teravih diye çıkıp geliyordu. Ben evde kılma taraftarıydım namazı. Canım bir yere gitmek istemiyor. Başına bir örtü alıp elinde seccade geliyordu sevgili arkadaşım. Ünzile'ciğim, sana işin doğrusunu söyliyeyim, Saime Hanım'a çok alışmışım ben, onun vefatından sonra büyük bir boşluğa düştüm, kocam beni bizim aşağı caddedeki spor merkezine yazdırdı. Çünkü farkına varmadan bütün sorunlarımı yürüyerek çözmeye alışmışım. Durunca aklım karışıyor, işin içinden çıkamıyorum. Banta çıkıp yürür gibi yapıyorum ben de.

Zihnim önce tamamen duruyor. Sadece yürümenin ritmine veriyorum kendimi. Tam karşımda ayna var. Duvar baştan başa ayna kaplı. Bir yabancı gibi kendime bakıyorum. Anlamsız bir vücut ve öylesine vakit dolduran bir kadın. Aynayı mahsus dışbükey yapmışlar birazcık, sanırım şişman göstersin diye. Çünkü kendimi öyle biçimsiz görüyorum ki hiç sevmiyorum, ne kadar çok yürümem lazım ki bir şekle gireyim. Gövdemde bir acı. Yan duvardaki panolarda asılı kadınlar gibi bir evrim geçirsem, giderek daha kaslı daha neşeli bir kadın olsam süper olur elbet. Önceden bu o kadar da tutkuyla istediğim olmazsa olmaz bir şey değildi benim için. Enikonu biraz da ilerde kemik erimesi olmasın, kalbim düzgün çalışsın diye gidiyordum salona. Şimdi form tutmak asıl hedefim.

Dün yine beni hiçbir yere götürmeyen bantın üstünde gittikçe hızlanarak yürüyordum. Hatta yokuşa ayarlıyordum yürüyüşü ki, işi iyice bir zorlaştırıp varacağım yere daha çileyle varayım. Baktım hiçbir şekilde bir yere varamıyorum. Koşu bandına geçtim. Burada koşarak nefes nefese kaldığımdan aynadaki suretimi hiç göremiyordum çok iyi oluyordu doğrusu. Ama ne yapsam bu bantla bir yere gidilmiyor. Gidilmez tabii derdi Saime Hanım hayatta olsaydı. Yürüyünce insanları dükkânları vitrindeki cansız mankenleri sokak köpeklerini ağaçları göreceksin. İyi de bu mahallede bizim gibi kadınlar için bırak koşmayı bisiklete binmeyi, sistemli bir yürüyüş yapmak bile imkânsız. Her şey dikkat çekiyor çünkü.

Ünzile bir şeyler anlatıyor. Çok neşeli bir kadın. Aklıma Saime Hanım'ın son günlerde ettiği bir laf geldi. Kocam bana âşık ama hemen evlenir ölsem demişti öyle hemen öleceğini aklına hiç de getirmeden. Sanmam, hiç ihtimal vermiyorum, uzun zaman acı çeker, senin gibisini asla bulamaz demiştim ben de usulen. Öyle denir.

Ünzile'yle birlikte sabahları yürümeye karar veriyoruz. Ona öğretecek çok şeyim var. Birgün onu resim sergilerine bienallere götürüp heyecanını görmek isterim. İkindi vaktinin son ışıkları halının ortasına düşmüştü. Desenlere daldık gittik ikimiz de. Başım uğulduyor. Hiçbir yere gitmeyen bir bisikletin pedallarını çevirip duruyorum. Saime Hanım yanmamak için nevruz ateşinin üzerinden heyecanla atlıyor. Allah ona cennetinde güzel bir yer versin, taksiratını affetsin, hepimiz gidiciyiz Ünzileciğim der demez gözleri doldu Ünzile'nin. Ne sulugöz kadınmış.

GAST ARBEITER

Kıymetli mahalle sakinleri. Dortmund da neresi, yıllardır oralarda ne yaşar ne işlerler demeye kalmadan otuz yıl geçivermiş. Hani evine geçip oturacaktı bu sene. Perihan Hanım bir türlü mahallemizin sakini olamadan hakkın rahmetine kavuşmuş, naaşı buzhanede kalmış iki gün. Uçakta yer bulunana kadar. Cenaze namazı bugün ikindi namazını müteakip Çinili Camii'nde...

"Gelsin selalar, gitsin belalar".

Sağ olun hocam derken sesimin çatallanmasını bastırdım. İçimden garip ve boğuk bir ezgi geçiyordu. Annemin tatlı canını teslim ettiği dakikalarda gecenin sessizliğini dinliyormuşum meğer. Uyku tutmamıştı nedense. Dile gelmez inilti ve haykırışların indiği bir sükût vardı şehirde. Balkon demirlerine yaslanarak ayakta zor durabildiğimi hatırlıyorum. Kayıt altına alınması mümkün olmayan bir beste akıyordu içimden. Annem akıp gitmekteymiş o saniyelerde.

– Onu kaybettik demek, bu yıl kesin dönüş yapacaklarını söylemişti babanız.

– Perihan Hanım kesin dönüş yaptı hocam.

Bir zamanlar mahallenin ilk üç evinden biriydi bizimki. Henüz daha hiçbir sosyal alan, toplumsal hayat belirtisi yoktu. Şimdi meşhur olan Çinili Camii'nin yapılışını hatırlıyorum. Yıllar sonra ilk imamın atanışını ilk namazın kılınışını. Fotoğrafçı Kemal abi babama camiyle ilgili bu güzel haberi vermek için telefon açtığında Duisburg'a gitmeye hazırlanıyorduk. Türkiye'den önemli yazarlar mı gelmiş nedirse, bir toplantı varmış. Babamın cami haberini alınca bütün akrabalara telefon etmeye başlamasını, bizim de kapının önünde oturup babamın heyecan dolu sesini dinleyerek tam bir saat beklemek zorunda kalışımızı hiç unutamam. Sonraları ne çok ilk haberi geldi. Mahallemize yol açmak için ilk dozerin girişi. Evlerin ilk doğal gaza kavuşma günü. İlk marketin, berber dükkânının, tuhafiyenin açılışı. Şehirle ilk tramvay bağlantısı. Yüz metre ötemizden geçecek olan raylı sistem. Parklar dikilen ağaçlar, her türlü çevre düzenlemesi, tabelalar okullar sokak isimleri. Yaşamımıza hiçbir katkısı olmayan bu olayları Almanya'dan santimi santimine takip ediyorduk. Yaşamasak da gelecekte yaşayacağımız, kendimizi o günlere sakladığımız, kem gözlerden sakındığımız bir zamandı orası. Bomboş duran evimizin sahibesinin adını duymayan yoktu. Perihan Hanım'ın bu evin hasretiyle yandığını bilirdi herkes.

Evimiz gerçekten de dikkat çekiciydi. İki katlı geniş bahçesi olan, kanarya sarısı ev şimdi apartmanların arasında kalmış olsa da hâlâ görenleri baktırıyor.

İmam bana akraba gibi yakın göründü. Çünkü annemin ev için gidiş gelişlerini, çektiğimiz sıkıntıları buralarda en iyi o bilir. Her seferinde bir iki kutu çikolatayla uğrardı annem hocaefendiye. Mahallemizin direği sayardı onu, manevi koruyucusu. Hoca Balkanlar'da çalışmış gençken, ihtisas yapmış oralarda. Kadınlardan kaçınmaz, dertleşirdi onlarla yerine göre. Ben de şimdi ona öyle çok şey anlatmak istiyorum ki.

Almanya'da büyüdüm evet hocam ama hiç alttan almadım ki ben. Sizi temin ederim ki Alman çocuklarla her anlaşmazlıkta, her üzerime gelmelerinde erkek çocuklar gibi yumruk atıp gözlerini alınlarını patlatmışımdır. Hiç rahat edemedim oralarda. Annemin oraya bir türlü yerleşmeyen rahat edemeyen ruhu beni kuşatmış ve şekillendirmişti. Ben de yerleşemiyordum annem yüzünden. Bulaşıcı hastalık gibi yayılan birbirinden beslenen bir şey bu iğreti durma hali. Bana kalırsa bu sarı ev bütün problemlerimizin nedeniydi. Annemin eve olan tutkulu bağlılığı neredeyse bedenini de ikiye bölmüş, etrafına sürekli yurtsuzluk hissi yaymasına neden olmuştu. Ben üniversitede tarih okurken şimdiyi yaşayamadan hızla tarih olduğumu fark ettiğimden, teyzemin çabalarıyla İstanbul'dan biriyle evlenip sahici bir hayata geçtim ülkemde. Almanya bizi hepten yutmasın diye. Fakat bu iyi adam beni bir kararda tutabiliyor mu, içimde çalkalanan soruları dindirebildi mi derseniz, evet diyemem hocam. Vatanın nere. Neresi senin vatanın. İki yerde de yaşarım diye düşünmüştüm ama yine de bir yere kök salmak istiyor insan. Hayatında bir şeylerin sabit durması şansını sonsuza kadar kaybetmiş olmanın getirdiği ayrıksı olma ve arada durma hali kocaman bir delik gibi yutuyor her şeyi. Bir mana veremediğim iç daralmaları, sıklıkla nükseden iştahsızlık, nefes darlığı, çabuk parlama, sonra aylarca süren sönmüş günler, beyhudelik duygusu, sonra üretimsizlik ve kayıtsızlık.

Kafamı kurcalayan birçok şey vardı. Bebekliğimden itibaren beni rahatsız eden dışlayıcı bakışları, mimikleri, yüz hallerini, kafa salınımlarını, dudak kıvrılmalarını, baş çevrilmelerini, ince ipliklerle üzerimize örülen ama sıkıca dokunan kötülüğü silmek imkânsız. Türk müsün denilen şey. O musun. Kasırgalar kopardı. Bundan duyduğumuz onuru eveeet! diye ses tellerimiz kopana kadar haykırmak ve arkasından iyi bir küfür sallamak için, metruk bir binanın altında, kendini yenileyen bir gruptan aldığımız elden düşme teknolojiyle stüdyo kurmuştuk. Canımızı sıkan her şeyi doğaçlama sözler yazarak içimizden geldiği gibi şarkıya çevirip bantlara kaydediyorduk. Ses geçirmez bir boşlukta doyasıya şarkı söyleyerek kurtuluyorduk her şeyden. İstanbul'da böyle dalgalarını birleştirip fırtına koparacak insanlarla karşılaşamadım doğrusu. Birikmiş seslerimizi, sözlerimizi orada bırakıp geldim. Lisedeyken dışlanmayı konuşurduk. Sonra kendimizi dışlamayı konuşur olduk. Kara kaşın kara gözün her şeyi ele veren durumunu düşünüp yaşadıklarımızın üzerinden geçerdik alaycı tonlarla. İçimizi şiddetli duygular kaplardı. Hep yüzeyde asılı kalmak nereye kadar. Köklerimizle gidebildiğimiz kadar derine inmeye çalışıyorduk. Alman milletiyle nereye kadar gidebileceğimizi, paylaşılabilecek şeyleri nasıl çoğaltacağımızı el yordamıyla anlamaya çalışıyorduk. Sadece para kazanmaya gelen babalarımız annelerimiz buradakilerle duygusal ilişkilere insani ortaklaşmalara, bunu onların istediği şekilde yapmaya mı zorlanıyordu yoksa. Bu dille olacak bir şeydi. Annemi mazur görebiliyordum yükü ağır olduğundan ama babamdan nefret etiğim zamanlar olmuştur bunu inkar edemem. Neden kaynaşamıyordu bu insanlarla, bazı arkadaşlarımın babaları gibi Alman arkadaşlar edinemiyordu? Çünkü Türk kalmak dışında bir dileği yoktu Allah'tan. Dil problemini yıllardır halledememesi, küçük işler için bile Türk derneğindeki öteki adamlardan yardım istemesi, okula kaydımızda ve her aşamada başkalarına muhtaç olmamız, bu desteklerin altında ezilen annemin biricik tatil günlerini az biraz Almancası olan Türklere envai çeşit yemek yaparak geçirmek zorunda kalması, hep minnet ve töhmet altında kalışımız. Nasıl unutabilirim ki bu gerilimli yılları. Almancaya çocukluk yıllarında su gibi aktıktan sonra lise yıllarında direnç gösterdiğimi itiraf etmek zorundayım. Bizi yabancı gören insanlarla bir dil tutturmaya çalışıyorduk ve öyle yorucuydu ki bu, sınıftan çıktığım anda yuvaya Türkçeye dönmek isterdim. Anlamadıkları dilimiz yüzünden güven bunalımı oluşurdu öteki çocuklarla aramızda, ama elden ne gelir. Çocukluğumun geçtiği mahalle tam bir Türk mahallesiydi. Bazı Almanlar hafta sonları merakla bizi görmeye gelirlerdi. Fakat onlara taş attığımızdan arabalarından bile inemeden kalakalırlardı çoğu zaman. Otantik restoranlarda Türk yemekleri yemeye gelen adamlardan ne isterdik ki. Bakışlarından huylanırdık aslında. Aşağı bir ırkı görmeye gelen hallerinden. Bu bir anda anlaşılan bir şey. Beden dilinin saçtığı şiddet. Lokanta sahipleri de bizim yüzümüzden zor durumda kalıyordu tamam ama biz de küçük bir İstanbul-Kruezberg mahallesi kurmuş, kendi savaşımızı veriyorduk.

Perihan Hanım hakkın rahmetine kavuştu. Almanya'da fazla para harcamamak için elinden geleni yaptı. Gün doğmadan işine gitmiş, gün batınca evine dönmüştü tam otuz yıl. İşine yürüyerek giderdi annem. İşi gözle yapılan bir işti. Dünyaca ünlü, marka olan bir saat şirketinde önüne gelen minik kol saatlerinin iç aksamını diziyordu gözlerine on kez büyüten bir büyüteç takarak. Son derece hassas ve aşırı dikkat isteyen, zamanla neredeyse gözleri kör eden bu meslekte Almanlar çalışmak istemezdi. Her akşam işten döner dönmez gözlerine dinlendirici bir damla damlatan annem gözlerini hiç açmadan, ellerini bir kör gibi ileriye uzatarak hızla mutfağa dalar, el yordamıyla yemek yapmaya koyulurdu. Herkesten bir şey isteyen acı vatan, ondan gözlerini istemişti. Çoğu mesai arkadaşı Üçüncü Dünya ülkelerinden ya da Doğu Avrupa'dandı. Babam birkaç kez çalışmaya ara vermesini istese de annem kabul etmemişti, çünkü İstanbul'da yaptırdığımız evin tamamlanabilmesi için çok para lazımdı. Evin demirden bahçe kapısı için on gün, telden pencere sineklikleri için on beş gün, mutfağın fayansları için bir ay gözlerinden vermek zorundaydı. Bizim isyankâr sözlerimize çok kızardı. Burada dışlanmıyor direniyoruz diyordu. Dışlanma lafından nefret ederdi. Ama iş o kadar basit değil. Direnirken dışlıyor veya dışlanıyorduk ama ne yapsak sonuçta dışarıda kalıyorduk. Bu muammayı çözmek benim bütün yetişme çağımı, tüm zamanlarımı aldı doğrusu. Perihan Hanım neden yıllar sonra hâlâ misafir işçiydi mesela. "Auslander" lafı bir marka gibi yapıştırılmıştı üstüne. "Gast arbeiter"dı kimliği. Vatanın nere. Nere vatandaşısın. Nereden göçtün. Kesin dönüş ne zaman. İçi devamlı göçüyormuş annemin demek, bunu şimdi anlıyorum. Öyle güzel öyle kusursuz öyle bakımlıydı ki etraftaki çiçekler, annemin onları koklarken şöyle derince içine çektiğini bilmem. Plastik bir duygu mu veriyordu kim bilir, başkalarının ovasına dağına bahçesine ait olması.

Bir dikili ağacı olacaksa Türkiye'de boy vermeliydi. Çiçekler bu toprakların çiçeği olmalı. Aslında bilinçli bir şekilde olmasa da yabancı olmadan yaşayabileceğimiz bir yer arıyorduk ailece. Yok bir yer. Mümkünü yoktu bu dileğin.

Haberler raporlar araştırma şirketlerinin verileri bizim enteg-
re olmadığımızı ayrıksı kaldığımızı toplumsal uyumu bozdu-
ğumuzu söylüyordu. İnsanların yaklaşımlarından huzursuz
bakışlarından bunu anlamamak imkânsızdı zaten, araştırma
yapılmasa bile. Açık oturumları dikkatle izlerdi annemle ba-
bam. Tam anlayamasalar da dönen dolapları tartışmaları his-
setmeye çalışırlardı. Türkiye'ye geldiğimizde ise bütün ema-
reler bizim asimile olduğumuzu Almanlaştığımızı gösterirdi.
Aslımızı inkar etmek gavur âdetlerine iyice bir kaptırıp git-
mekle suçlanırdık. Annemin yazları yengemde ya da teyzem-
de kalırken bizi akşam saat sekizde yatırmaya kalkışması, öğ-
leden sonra ziyarete gelecek akrabalara ısrarla saat kaçta ama
diye sormaya kalkması, apartmanda gürültü yapan komşu
çocuklara çıkışması, kapının önünde ayakkabı bıraktırma-
ması, her şey kibir olarak görülür, ne oldum delisi olmakla
suçlanmasına sebep olurdu arkadan arkaya. Onun yaşadığı
ise bambaşka bir boyutuydu işin. Türkiye'nin sabunu topra-
ğı ekmeği yolları mağazaları ev içleri farklı kokardı ve annem
bu kokuyu izleyerek gelirdi sanki buralara. Gözlerinin din-
lendiği ülke içi seyahatlerde alabildiğine uzaklara tarlalara
köylerin ışıklarına minarelere bir dağın yamacından geçip gi-
den koyun sürülerine içi cızlayarak bakakaldığı zamanlar. Bu
duygularından bir iki söz edecek olur sonra bakar ki kimse-
nin umurunda değil, anlayacak kıratta bir insan yok, içine
gömerdi bu koku ve kuzu meselelerini. Almanya'da hayatı
şöyle yüzünden idare edip gittiğini, heveslerini ileriki günle-
re sakladığını, sarı ev bitince gönlünce bir yaşama atılacağını
kurar da kurardı. Ama yine de ortalığa saçılıp heder olup git-
mesin diye yutardı cümlelerinin çoğunu.

Hocam! Şimdi buraya gelirken amcamın kızı Pervin ara-
bayı sürdü ben etrafı seyrettim. Mahallemiz gelişmiş. Sarı

elbiseli evimiz yaşlanmış, bekleye bekleye içi tükenmiş, ağır bir haksızlığa uğramış bir gelin adayına benziyor. Yağmurlar fırtınalar sıvalarını dökmüş, kalbini kırmış. Annem arada bir gidip bakmamız, şöyle bir havalandırmamız, hatta ocağını tüttürmek için bir çay demleyip içmemiz için ne kadar yalvarırdı. Bugün yarın diye aylarca oyalardık telefonda. Kocamın vakitsizliği benim vurdumduymazlığım, hainliğim. İyi ama boş eve gelip ne yapacaktım, hiç el değmemenin getirdiği vahşileşmeyle iyice metruklaşmış eşyaların verdiği hüzünle nasıl baş edecektim.

O kadar da uzak değil evimiz şehir merkezinden. Arsa bize İstanbul'un göbeği diye yutturulduğunda ıssız bir dağ başıydı burası doğru ama şimdi evimiz neredeyse şehrin ortasında kaldı. Çevre yolundan kayar gibi geliverdik. Bir keresinde nasıl da çamura batmıştık. Amcamın yeni aldığı üzerine titrediği arabayı bu kuş uçmaz kervan göçmez yollara vurmuştuk. Nasıl hayır diyebilirdi ki amcam biricik yengesine ve yeğenlerine. Babam ona her zor gününde destek çıkmış, annemin itirazlarına, surat asmalarına, küsme taktiklerine rağmen, bir telefonuyla istediği parayı bankaya tıkır tıkır yatırmış, bir daha lafını bile etmemişti. Bütün çocukluğum amcama yollanan hadsiz hesapsız paralar yüzünden annemle babam arasında çıkan kavgalarla geçmiştir. Annem binbir yolla rızası olmadığını belli etmesine rağmen babam asla aldırmazdı. Hayatta tek kardeşim var, ben onun için baba yarısıyım, bana emanet derdi başka bir şey demezdi. Annemin de o günlerde huyu bozulur, yemek yapmaz, gidip normalde hiç uğramadığı pahalı dükkânlardan alışveriş yapar, parklarda oturup ağlar, amcamın mesela son model arabasını hazmedemediği için söylenir de söylenir, çevreye karşı onurumuz haysiyetimiz iki paralık oluyor bu külüstür arabayla diyerek, bizi hiç yolda bırakmayan, babamın deyimiyle motoru canavar gibi ama modeli düşük olan arabamızı aşağılar, gözyaşları sel olur akar. Sonra ağlamamam lazım, gözüme zarar diyerek toparlanır, ortalığın dağınıklığı için hepimize çatarak bizi nankörlükle suçlayarak öfke döngüsünü tamamlar. Keşkelerin hücumu altında eriyordum hocam yol boyunca. Perihan Hanım gitti.

Pervin'e dedim ki hangi akla hizmet ederek Almanya'dan güzel bir ev almak yerine bu ev için ömür tükettiler, ama artık faydası yoktu bu hayıflanmanın. Annemin evin ikinci katının inşasını görmek için babamı bırakıp, büyük mücadelelerle ve soğuk bir kış günü, hem de ilk kez tek başına uçağa binerek İstanbul'a gelişini düşünürsek, bu ev annemi ayakta tutan en önemli olaydı. Son gelişinde bavulunu attığımız gibi evden çıkışımızı, inşaata gelince annemin elini yüreğine götürüşünü, tahta iskelelerle yukarı kata çıkıp odaları henüz yarım yamalak bölen betonlara aldırmadan nerede nasıl bir düzen kurulacağını gözleri parıldayarak resmetmeye başlamasını nasıl unutabilirim. Denizin bir sis gibi çok uzaklardan da olsa görüldüğünü herkese ne kadar büyük bir sevinçle anlattığını. Sonrasında annem çok üzülmüştü. Amcam bütün hafta sonlarını inşaatı kontrol için harcamak istemiyordu doğal olarak. İlgilenecek başka da bir kimsemiz yoktu ki. Evlenip geldiğimden beri görevi devralmaya çalışmıştım çalışmasına ama bir kadın olarak bu çığırından çıkmış, sözünde durmayan ustalara söz geçirmek kolay mıydı. Kocamdan fayda yoktu çünkü haftanın altı günü çalışıyordu. Adamlar ne malzeme kullanıyorlar, iş ilerliyor mu. Her gün arardı annem beni. Telefon parası yıktı beni dedi bir gün babam. Almanya'da ne duysa annem, Türkiye'de de var mı diye sorduruyor sonra da aynısından istiyordu. Ev taş taş umutla emekle kuruldu hocam, bilirsiniz bizim müteahhidi. Yağan yağmur, açan güneş her bahaneyle işe ara verip günlerce tekrar başlamamalar, istediğimiz renk yerine başka duvar kâğıtları döşemeler, sökemeyiz diye tutturmalar, yer döşemeleri, izolasyon malzemeleri, bahçe düzenlemesi her aşamada birbirimize girdiğimizi hatırlarsınız. Her türlü kabalığı nasıl sineye çekip içime attığımı.

Hocam! Annem ahbaplık ettiği biricik Alman komşumuz Petra'ya yıllarca ne kadar özenmiş belli etmeden. Her şey ondan soruluyordu. Etrafında olup bitenlerle ilgili bir kadındı. Hiç çocuğu olmamış. Bizi çok sever, beni unutmayın her zaman arayıp sorun diye tembih ederdi. Anneme yapı malzemeleriyle ilgili elli çeşit katalog bulup getirmiş. Bizim sarı ev için seferberlik ilan etmiş sanki. Bir gün gelip İstanbul'u göreceğim, sana misafir olacağım dedikçe annem daha bir titizleniyordu. Nasıl bir ülkesi olduğunu göstermenin yarısı da evle ölçülecekti belli ki. Annem evin güzelliğini neredeyse milli bir sorun olarak algılamaya başlıyordu böylelikle. İşin içine temsil sorunu girdiğinden heyecanın dozu yükselmişti. Gezmelerimiz kısıtlıydı artık. Babamın hiç vazgeçemediği orman kamplarına artık çok seyrek gidiyorduk. Sonuçta memlekette kocaman bir ev yaptırıyoruz. Sabırlı olmamız lazım. Çok para yiyor ama bak ikinci kat çıkılıyor. Ertesi sene mutfağıydı banyosuydu bizi tam bir tasarrufa sokmuştu. Bu arada amcamı kollama meselesi hiç hız kesmemişti. Artık para annemden gizli örtülü ödenekten kötü gün bütçesinden sessiz sedasız çıkıp gidiyordu. Telefonla sık sık karımla huzursuzum cümlesi fısıldanıyor babamın yüreğine. Huzursuzluk da haliyle parasızlık yüzünden. Geçim darlığından. Para gidince bir süre sesleri kesilirdi.

Eve gelen misafirlerle sohbetin baş konusu evimizdi. Annem denizi terasımızdan berrak havalarda ne kadar net gördüğümüzü söyleyince herkesin içi bir cızırdardı. Nereden buldunuz böyle bir arsayı diye soran soranaydı. Yaşanacak bol güneşli, deniz manzaralı, domatesli maydanozlu günler gelmeden daha, yüksek binalarla etrafımız kapanmıştı bile. Ne olmuşsa imar durumu birden değişmiş, çok katlı yapılara izin verilmeye başlanmış. Yıllarca gelişmesini beklediğimiz dağ başının gelişmesi betonla olmuştu. Evimizin temeli atıldığında annem orta yaşı geçmişti. Babamın en az üç sene yıllık izinlerini bu inşaat için harcadığını söylesem yalan olmaz. Kırık dökük evlerin arasından parlak bir renkle boyanmış evimiz yükseldiğinde ben zaten iki çocuklu genç bir anne olmuş, yolumu ayırmıştım çoktan.

Annemin kulağı İstanbul'da oldu hep. Ablasının kocasıyla huzursuzluğu, amcamın para isteyip istemediği, çocuklarının hangi doktora götürüldüğü, hatta verilen ilaçlara kadar haberdardı her şeyden. Memlekete giderken alacağı hediyeler, konuşacağı mevzular onu geceler boyu uyutmazdı. Bu sefer ilk ablasına inmeyecekti. Doğrudan kendi boş evine gidip şöyle bir nefeslenecek sonra kendine gelip iyice bir düşünüp taşındıktan sonra hareket edecekti. Kime inse bavulunu hemen açtırıp içindekileri bir emrivakiyle adeta yağmalamaları canını sıkıyordu. Ayarladığı hiçbir hediyeyi sahiplerine veremiyor, iş kontrolden çıkıyordu. Kırmızı fırfırlı bluzlar, yumurta kesme aletleri, renk renk masa örtüleri layığını bulamıyordu.

Evin önüne geldiğimizde şahit olduğumuz bir konuşma irkilticiydi hocam. Selayı duyan iki adam tartışıyordu evin kapısını yoklayarak. Bakalım gelen oldu mu gibilerden.

– Adam Almancıymış. Bu evi karısı için yaptırmış. Karun gibi adam. Kesin dönüş yapacağız deyip duruyorlarmış. Güya adam burada yatırım yapacak, deri üzerine bir holding kuracakmış"

– Hepsi palavra. Yıllardır söylenir bu gibi şeyler. Giden gelemiyor oralardan neresiyse orası. Yapışıp kalınan bir yer. Bu kesin dönüş filan tamamen efsane. Şükret ki cenazesi geldi kadının, cenazeyi bile getiremeyen çoook.

Annem artık duymuyor hiçbir şey. Babam birçok erkeğin yapamayacağı bir şeyi yapıp, biraz da nasılsa birlikte yaşayacağız mülahazalarıyla, incelik ve vefa örneği olarak tapuyu annemin üzerine yapmıştı. Bunun annemi ne kadar mutlu ettiğini anlatamam. Hemşerilerle toplantılarda nasıl olursa olur lafı buraya getirir, özellikle de kadınlara tapuyu nasıl üzerine yaptırdığını anlatmaktan haz duyardı. Onun için bu tapu en yüceltici ve onurlandırıcı bir malzemeye dönüşmüştü. Bu durumu şu dünyada başına gelecek en güzel olaylardan biri olarak değerlendiriyordu. Özellikle kadın meclislerinde annemin baş konusuydu bizim evin civarındaki gelişmeler. Etraf yüksek binalarla dolmaya başlamış, önümüz biraz kapanmış da olsa, çok güzel caddeler açılmış, lüks markalar gelmiş, pazarda parmak kadar salatalıklar satılıyormuş, adamlar bir demet reyhan da benden olsun abla diye iltifatla muamele ediyormuş. Almanya'da kim yaparmış bunu. Memleketimizin gözünü seveyimmiş. Üç yüz metre yürünse fabrika satış mağazalarından en iyi markaları çok ucuza almak mümkünmüş. Sosyete semtlerinden süslü püslü kadınlar hesaplı kaliteli alışveriş için buralara akın ediyorlarmış. Evin değeri biçilemez olmuş. Allah sattırmasınmış.

Bahçe kapısının demirleri biraz paslanmış hocam. Almanya'dan getirilip ekilmiş olan çimler uzamış. Ne emeklerle bir ahbabın bahçesinden alınıp getirilen kaysı erik elma hatta karabiber fideleri bin bir özenle ekildikleri yerde ne kadar bakımsız kalmış. Güya yandaki binanın kapıcısı haftada iki kere sulayacaktı. Taze ağaç tutar mı susuz. Kapı telleri biraz çıkmış yerinden. Sivrisinek ve bilumum haşarat girmesin diye kapı ve pencerelere çakılan çok ince kafesli tellerin ne kadar mevzu olduğunu hatırlıyorum. Babam bunları bir tanıdığın bavulunda rulo halinde uçakla yollamıştı. Bu kadar incesi yokmuş bizde o zamanlar. Amcam vaktinde taktırmamıştı. Tel konusu uzadıkça uzamıştı bu yüzden. Amcamıza diş bilemekle için için hak vermek arasında gidip gelirdik biz de.

Mutfakta her şey yerli yerinde. Hemen eksiksiz bir yaşama geçilebilir. Limon sıkacağından patates soyacağına kadar getirilip konulmuş. Annem rastladığı her şeyi almış. Artık modası geçmiş mutfaklardan çoktan çekilip gitmiş ne varsa burada. Eski tip formika masa ve sandalyeler. Paşabahçenin ilk çıkardığı kaba saba su bardakları. Kahverengi duraleks yemek takımı, hem de elliiki parça. Su içmek için kulplu çiçekli melamin bardaklar. Bir zamanların gözde mutfak eşyaları...

Salon daha da hüzün verici. Sarayvârî kadife perdeleri açıp evi havalandırırken kolum kanadım kırılıyor. Cenaze namazından sonra taziyeye gelmek isteyen konukları karşılamak için ev hazır. Yerinden kalkmayan ağır koltuklar, üzerine cam kesilmiş altına iğne oyaları serilmiş sehpalar, modası geçmiş televizyon, yerde cami gibi her yeri kaplayan bir halı. Son yıllarda annemin zevkleri tamamen değişmişti. Fakat yaşanacak hayat uzun zaman içinde burada biriktirilirken bu hesaba katılmamış. Bu kadar meşakkatle kurulan evdeki yatırımları bir kenara atmak artık imkânsızdı ona göre. Artık elim mahkum bu eşyalarla idare edeceğim bir süre derdi.

Arkalıkları uzun ve soylu sandalyeler, insanlar gelip oturacak da keyifli bir sohbet olacak diye yıllardır toz içinde beklerken ümitlerini kaybetmişlerdi ama sonunda beklenen gün gelmiş gibiydi. Annem bu yuvarlak masanın etrafına dizilip güle oynaya yemek yiyeceğimiz günlerin hayaliyle başını yastığa koyar, büyük bir ihtimamla gözüne damlatırdı damlasını.

Şimdi musalla taşının başındaki anneme koşmadan önce evi ilk konukları için gözden geçirme zorunluluğu gözlerimi yakıyor, bedenimi derinden sarsıyor. Evin her yanında içten içe kendini hissettiren küflenmiş, örümcek bağlamış hatta kurtlanmış bir hayatla karşı karşıyaydım. Çürümüş bir meyve gibi ekşimişti ortalık. Vaktinde yaşanamayan, ertelendikçe büyüsünü kaybeden her şey üst üste yığılmış eşyalar birer işkence aletine dönüşmüştü benim için.

Son derece komik saplı, kutularından bile çıkarılmadan tam yirmi yılı devirmiş çatal bıçak setini görünce gülesim geldi. Almanya'da ona hediye edilen sonra ortadan kaybolan her şey teker teker çıkıyordu evin bir köşesinden. Pervin de şaşkınlık içindeydi. Yengesinin Almanya'ya yerleşmeyi reddeden ruhunun yıllarca ne kadar muallakta kaldığını hissederek ürperiyordu herhalde. Annem bedenini onu kabullenmeyen insanların arasına gömmekten korkarken aslında ruhunu Türkiye hayaline gömmüştü. Cenazesi gelenlere ne çok üzülürdü. Anneme göre Türkiye'ye cenaze taşımak bir eziyetti evet, lakin genç kuşaktan insanların anne babalarını satın aldıkları Hıristiyan mezarlıklarına gömmek istemesine de karşı çıkmıştı her zaman. Hele ki çok az bir toprak ayrıldığını ve gerekirse insanların üst üste ya da boyuna gömüleceğini duyduktan sonra. Şimdilik böyle bir uygulama yoktu.

Fakat söylentiler ürperticiydi gerçekten. Mevcut uygulamaya göre ölüler dümdüz boyuna yatırılıp başına hilal dikilebiliyordu mezarların, buna müsaade vardı ama biz yine de onu orada bırakamazdık. Vasiyeti vardı zaten. Yaşam her zaman onun var olmadığı yere kuruldu bu dünyada. Şimdi de babam ve kardeşlerim gurbet ellerde kalacak kendisi buraya gömülecek. Hep bilinmeyen yarınlara ertelenen gün sayan hayatı mahallesinde noktalanacaktı anlaşılan. Burada rahat uyurdu inşallah.

Evden daha neler çıkmadı ki. Salonda bir köşeye istiflenmiş demir işlemeli bahçe sandalyeleri, paslanmış biraz. Duvarda babamla çektirdikleri bir düğün resmi. Babam simsiyah saçlı pürüzsüz saf ve temiz bakışlı. Annem desen dünyadan habersiz geniş ümit dolu kocaman bir gülümsemeyi içinde saklayan neşeli bir ciddiyet içinde. Başının sağ yanından bir gelin teli sarkıyor, tülden eldiveni görünüyor resmin ortasında. O ellerle en çok bir bahçe yapmayı düşlemişti. Almanya'da mahalleden bir bahçe vermişti gerçi devlet. İnce uzun tuhaf bir toprak parçası. Herkese tahsis edilen bir şeydi bu. Burayı babamla birlikte ekip biçerdi annem. Ama kendi toprağı mı, hayır. Masanın üzerinde buradaki bahçeye ekilecek sebzelerin tohumları duruyor. Onları bile getirip koymuş. Paketlere baktım, hepsinin son kullanma tarihi geçeli epey olmuş.

Yatak odası tamamen pembe renge boyanmıştı. Bordo perdelerle duvar rengi arasında garip bir uyum. Yatağın üzerinde naylondan kombinezonlar, dekolte gecelikler, lizözler, tül gibi sabahlıklar, el işlemesi patikler. Bohçalanmış, iğnelenmiş güzelce. Karyolanın yanındaki hasır sepetin içinde örülecek yünler, çeşitli numaralarda şişler, iri tığlar. Gözlerini yormamak için kalın yünlerden örerdi annem bize çeşit çeşit kazakları. Yaptığı modeller Alman kadınlarını hayran bırakırdı. Önceleri Almanca öğrenmeye direnmiş, iş yeri zorunlu olarak ücretsiz kursa yazdırınca da çocuk gibi hevesle ders çalışmaya başlamıştı akşamları. Günlük yaşamını sürdürecek, komşularla, iş arkadaşlarıyla çene çalacak kadar ilerletmişti Almanca'yı.

Aslında sürücü ehliyeti alma hevesi de Türkiye'ye gidince kuzenlerini arabaya doldurup şehirlerarası yollara çıkmak, kendini ne kadar geliştirdiğini, nasıl da Avrupalı bir kadın olduğunu herkese göstermek içindi. Ver elini Yunanistan, Bulgaristan, oradan bastığımız gibi Almanya diyerek, birçok akrabasına Avrupa görme hayalleri bahşetmiş, çeşitli vaadlerde bulunmuştu. Oraları görmelerini çok istiyordu. Böyle anlatmakla olmuyor, tam manasıyla karşılaştıramadıklarından Perihan Hanım'ın bir gömlek üstün yaşamını kavrayıp da gereken ihtimamı gösteremiyorlardı. Bu vesileyle daha çok ortak konuları olur, başka dünyalara açılınca hem neler çektiğini daha iyi anlarlar hem de görgüleri artardı. Mesela bıktık senin Petra'ndan, neymiş ki bu kadın, dilinden düşmüyor demek yerine ondan söz açınca kimden söz ettiğini, ona neden bu kadar değer verdiğini daha kolay idrak ederlerdi. İş hayatı neymiş, bir gün geç kalmak neye mal olurmuş bildikleri yoktu ki. Görün bakalım nasıl zor karmaşık acılı ama büyük bir hayatın içinden yaman çelişkilerin yatağından çıkıp geliyorum her sene. Koca parasıyla sürdürdükleri yaşamlarını bır gözden geçirirlerdi, nasılmış elinin emeğiyle varolmak. Kendi emeğini harcamak. Oradaki hayatı bilinemediğinden burada yok gibi eğreti gibi oluyordu, bavuldan çıkacak üç beş parlak eşyaya odaklanıyordu herkes. Varlığı yalanla gerçek arasıydı.

Hocam siz cemaate "nasıl bilirdiniz" deyince dağılıp tuz buz oldum ben. Nefesini almış da içinde öylece tutmuş, verememiş gibi yaşadı annem. Dünyanın iki yakasına da alışamadan gitti. Hasret pastanesinden alışverişini yaptı hep. Gurbet kasabına uğradı her zaman. Sıla marketten aldı alacağı her şeyi.

En çok oturma odasının kanepesi burktu içimi. Kanepe tamamen yeni hayat için hazırlanmıştı. Daha önce gri iken gülkurusu renkli bir kumaşla kaplattırmış döşemeciye. Kanepenin kapağının altına çok güzel bir yorgan konmuş. İlk geldikleri zamanlarda, daha biz yokken annem işe giden bir İspanyol komşunun çocuğuna bakmış bir süre. Kadıncağız da bu makinaya atılıp yıkanabilen yorganı nevresim takımıyla birlikte hediye etmiş. Sonra kaybolmuş ortadan babamın deyişiyle. Demek yorgandan başlamış hayatını buralara taşımaya. Kirlenmesin diye beyaz bir patiskaya sarıp sarmalayıp.

Artık hiç kimsede rastlanamayacak kadar eski moda, arkası kitaplıklı kanepenin raflarında bir gün Perihan Hanım tarafından okunmak umuduyla bekleşip duran kitaplar dikkat çekiciydi. Mutlu Olma Sanatı. Yazan: Dale Carnegie. Oysa onun reçetelerinin geçerliliği çoktan yitip gitmişti. Öyle sabah kalkınca masmavi gökyüzünü görüp şükreden, her vesileyle mutlu olmaya hazır insanlar çağı tarihe karışmıştı. Geç kalmıştık kolay yoldan mutlu olmak için. Birden doyumsuzluk zili çalmış da mutsuzluk kampanyası başlamış gibi kederliydi şimdi herkes. İnsanlar kendi gölgelerini bile kıskanır olmuştu.

Kanepenin kapaklı üç gözü vardı. İlkinde bir bohça. Bohçada güllü laleli kimi de geometrik desenli yepyeni eşarplar. Orta gözde tesbihler, cevşenler, güllü yasinler hatta çanta içinde Kur'an cüzleri seti. Üçüncü göz ise seccadeler içindi.

Gözlerin hemen üzerindeki rafta sıra sıra kitaplar. Demek annem buraya gelince dindarlaşmaya karar vermiş hocam. Bunu da programına almış. Bir gazetenin verdiği altı ciltlik Osmanlı Tarihi, Almanca birkaç bahçe kitabı, Sevginin Beş Dili, Bostan ve Gülistan, Peygamberin Aile Hayatı, Cem Sultan rafa güzelce dizilmiş. "Bize Nasıl Kıydınız"a ise başlanmış, arasına ayraç olarak elektrik faturası konulmuş. Kitap biraz sararıp solmuş olarak öylece duruyordu rafın üstünde.

ZİLHA

Elimi sımsıkı tut. Basamaklara dikkat et. Yukarı doğru, evet tam böyle. Zilha içinden herkese lütfen diye ünleyip durdu, çocuk şoförün tam arkasında yer alan, diğer yerlere nazaran daha emniyetli görünen küçük aralığa yerleşene kadar. Onun teni ne zaman dokunsam hep sıcak olsun, ne bir yere çarpıp berelensin ne de ezilip büzülsün. Bunalmasın iri yarı bedenlerinizin arasında. Bu şehirdeki bütün insanlar bilebilirdi aslında Zilha'nın içinden geçenleri, artık şeffaflaştı ya içler, herkes birbirine ayan beyan. İçlerin daha iç tarafları hariç tabii. Yolcuları ta etlerinden saçlarından duyumsadı. Kendi etinden geçirdi hepsini. Teniniz sıcak olsun, ölüm soğukluğu uğramasın artık size dedi fısıltıyla. Soğumasın bedenleriniz. Tramvay paltolarla kasketlerle renkli çizmelerle sırt çantalarıyla biçim biçim gözlerle envai çeşit insan kokularıyla doluverdi. Uzun bir hat üzerinde huzurla akacaklar. Uzun çalkantılı neredeyse alabora bir yolculuk. Sağa çevirdi başını. Apartmanların arasından dağlar görünüyor. Dağlar yüksek değil. Yalçın tepelikler yok. Evler var. Evler sanki infilak etmiş uçmuş sonra tekrar kuş misali aynı yere konmuş. Zihninin var gücüyle üzerlerine bastırdı, yerleştirdi hepsini göz alabildiğine uzanan ev oyuklarına. Üzerlerine birer ağır taş koydu. Kimse kıpırdatamasın. Evleri gözleriyle sabitledi. Yarın yine aynı yerlerinde olsunlar. Duvarlardaki delikler kapanmış olsun, görünmesin gözüne. Bazen görünsün duruma göre, usulünce. Yara bir açılıp bir kapansın. Mezar, beyaz, toprak, mermer, yazı, baş tarafı, ayakucu üşüştü aklının bir kenarından hiç vakit kaybetmeden. Mezarın kenarını iyice temizledim. Bugün de yetmedi su. Daha büyük bir bidon doldurmalı. Nereye kayboldu su taşıyan çocuklar, nerelere gittiler, yoklar kaç haftadır. Yeterince sulayamadım çiçekleri, yıkayamadım mermeri. Bu yaz çuha çiçeği ekmeli, karagöz çiçeği, menekşe. Gülü ilaçlamalı. Bir hastalık sarmış sanki. Mine çiçeğini ne çok severdi çocukken. Kırlara gittikçe. Minenin ağırlığını duydu Zilha. Kokusu geldi. Kokulu bir çiçek mi ki. Geldi ama kokusu. Oğulcuğun mineyi sevdiği bir anın kokusu. Martta ekilir. Çok derine gitmeye gerek yok. Elle hafifçe bir çukur açıp yerleştirmeli fideleri. İki parmakla incitmeden kökü toprağa sabitlemeli o kadar. Biraz da su verildi mi oldu bitti. Epeyce ot bürümüş bir haftada. Daha sık gitmek lazım. Şehrin bir ucu. Yakından ev tutmak kolay değil. Böyle ucuza bulunmaz ki her zaman. Yavaş yavaş yaklaşsa mı kapıya. Çocuğun başı sıcak. Şükürler olsun hiç soğumuyor. Canı içinde sıcakça dursun. Kanamasın. Sızmasın. Sızladı içi. Torunun başı sıcak bir kıvamda sağa sola hareket ediyor. Zilha pencereden dışarı baktı uzun uzun. Pencereye içerinin aksi vurmuş belli belirsiz. Yazılarla doluydu tramvayın içi. Sokak gibi ev gibi doğa gibi içtendi ortam. Grafiti çok yaygın gençler arasında. Varsın yapsınlar etsinler. Sıcak olsunlar da. Başlarını neşeyle sağa sola çevirebilsinler.

İyice yere basarak yürüsünler aman. Her hareketin bir ağırlığı olsun. Yer bir çeksin bir bıraksın kıvam içinde. Emin tok ve güvenli adımlar. Adımları uçuşmasın. Bak elimden tut ama. Bak az kaldı, şimdi ineriz, yürürüz, köprüden geçeriz, nehre baka baka gözlerimizi dinlendireceğiz ne güzel, eğleniriz hem, yoldaki insanlara karışır gideriz birazdan. Sabırlı olursan. Belki bir de fındıklı gofret. Hı. Fındıklısından. Tuttu çocuk elinden sıkıca. Gözünü dinlendirmeye aklı yatmadı. İnsanlara yüzlerine çantalarına çizmelerine annelerinin elinden tutup giderken bir şeyler çiğneyen çocukların ağızlarına ellerindeki oyuncaklara bakarak gözlerini iyice yormak istediği su götürmez. Yor o zaman. Bir punduna getirip babaannenin elinden kurtulması, başka bir uca kaçması pekâlâ mümkün. Allah için, hiç bunun mücadelesini yapmadı çocuk. Tek eliyle dokunuyor grafiti yazılara. Öyle elliyor püskürtülmüş boyaları. Öteki eli yok, öteki eli sımsıkı tutulmuş. Tek el yeter. Her yere ulaşır o. Annesi börek yapmıştır. Hemen bir hamur açıp kızartmıştır. İçine peynir koymuştur. Ot atmıştır, süt de koymuştur. İki damla sıcak yaş. Bilmeden. Mani olamaz. Telaşlandı Zilha. Biri yer veriyor. İyi bir kız. Pantolonunu çizmelerinin içine sokmuş. Kabanının yaka kürkü biraz eskimiş mi ne. İkinci el bir dükkândan bulmuş besbelli. Biraz eski moda. Ama üzerine yakıştırmış. Küpeler gösterişli. Sallantılı ve parlak. Havalı ve abartılı. Peki olsun. İzin verdi Zilha, onayladı. Mis gibi koktu kız kalkıp giderken. Nereden buluyorlar bu güzel kokuları. Rüstem Paşa caddesindeki yeni açılan dükkânlardan mı alıyorlar. Bir ses bir işaret gelmesin süslenmeye dair, hemen bulur bu kızlar. Koksun tabii mis gibi. Adam cam kenarına çekildi; koridor tarafına oturun buyrun, çocuk da var elinizde. Düşünceli bir adam, bu belli belli olmasına da yine de müsaadenizle

beyefendi. Oturabilir miyim ben Zilha olarak. Elli üç yaşın-
da. Aslında bir ay sonra dolduruyorum yaşımı. Ama önemi
yok. Sonrasında hemen bahar gelir, unuturum yaşımı başımı.
Yıllardır bu böyle. Çok çabuk oldu bu iş. Elliüç meselesini
diyorum. Erken geldi. En son kırka bastığımı hatırlıyorum
heyecanla. Sonra bir yarıktan aşağı düşme. Arada bu mezarın
benim mezarım olduğunu, bir parçamın paramparça yattığı-
nı algılamak için geçen yıllar var. Doğum tarihleri ayrı ama
ölüm tarihleri ölüm saatleri ölüm saniyeleri aynı olan onlar-
ca kişinin yattığı yerde bir toprağım var benim de. Bir kulaç
kadar evim. Şu dünyada dikili bir mezarım. Bilirsiniz. Ne ka-
dar beyefendisiniz. Minnettarım. İyi ki varsınız kardeşim, sı-
caksınız. Başınız sıcak ve dik. Berhudar. İçecek suyumuz var-
mış daha. Yakaracak duamız varmış. İşte tramvaya da bindik,
oturduk da. Şehrin bir ucundan bir ucuna. Güvenle. Mezar-
lığımızdan eve tekrar. Evet beyefendi işte böyle. İyice bindik
tramvaya. Bu kesin. Emniyetle gidiyoruz. Bu sallantı uykumu
getirdi biraz. Uyku değil de hayalleme. Saçımı boyatmışım.
Alımlı alımlı dökülüyor sırtıma. Bir çocuğun elinden tutmu-
şum. Bir zayıfım bir zayıfım, dal gibi. Bir güzelim. Tramvayın
sallantısı uçucu etki yaptı. Oğlumu okula kaydettirmeye gi-
diyormuşum sabahın erken saatinde. Ben kızıl saçlı kadın,
biraz kibir biraz çalım yukardan, çantamı savurarak saçım
başım gözlerim parlayarak. Zaman çöktü çökecek. Tamam
söndü görüntü. Kapandı defter. Ağır bir kapak. Göz kapakla-
rım bastırıyor. Neyse ki gıcırtılı bir duruş. Opera durağından
bir önceki durak. Çiçekçi. Çiçekler sulanıyor. Yeni yolcular
biniyor. Eskimiş yolcular aşağıya. Basamaklar bir iki üç.
Renk renk kadın giysileri, kokular ve aksesuarlar saçıldı yi-
ne. Onlar yanda içerde. Öbür yanda dışarıda papatyalar frez-
yalar orkideler genç bir adamın elinden suyu emiyor, çiçekçi

dükkânının önünde. Suyu emiyorum odunsu borularımdan. Yenibaştan hiç yoktan hayat. Karartma gecelerinden sığınaklardan dışarı püsküren şey. Çiçeğin taç yapraklarını çanak yapraklarını odun borularını içindeki kılcalları minik yağ lekelerini boya maddelerini kökünü sapını sapın üzerindeki minik tüyleri bildi Zilha. Her bir hücresiyle suyu emdi. Yutkundu. Susuz kalmışlar işe bak. Yaprakların hali ortada. İçinde bir nefes. Tempo tuttu yaprağa. Yaprak suyla etlendi, bunu hissetti. Güneş var. Isı ve ışık desteği kusursuz. Hemen başla bakalım fotosenteze. Klorofil partikülleri kıpır kıpır çalışın bakalım. Katalizör oluverin. Öğretmeninin sesi kulağında. Şeker ve nişasta mı yapacak şimdi bu yapracıklar, karbondioksiti suyu emip oksijen mi verecek bize. Nasıl olacakmış bu demeyin. İşte size formülü tekrar tahtaya... Güneş eşitlikle dağılıyor ortalığa, çocuk Zilha'nın kucağında şimdi. Kucağımda diye duyumsadı. Dizlerimde. Bunu iyice bildi. Tamam dizlerimde. Tramvay kartı makinadan geçirilecek. Biraz önce yapamadı kalabalıktan ve elindeki küçük sıcak elden. Şimdi kontrol memuru gelir. Titredi hafiften. Heyecan ve telaş karışımı bir duyguyla öndeki cebine yaslanmış olan çocuğu biraz eğdi. Biraz eğil bakayım. Elini cebine soktu. Kartı hissetti. Dikdörtgen biraz sertçe. Orada koyduğu gibi duruyor. Bayiden alıp bir doluluk hissiyle sevinçli denebilecek bir bilinçle cebine yerleştirmişti zaten. Kuyu gibi biraz gizli ve loş bir yer olan cebin içinde kartla beraber yapışık kardeş gibi duran şey de para. O biraz daha yumuşak ve kaygan bir kâğıttan. Yanında parası. Bu kuytuya elini sokunca bunu hissetmeden yıllar geçti. Tuhaf içini kıyan çizen zamanlar. Para orada duruyor şimdi. İyice dokundu. Kartı çıkarıp makinadan geçirdi. Elinde sımsıkı tuttu. Paranın yanına koydu tekrar. Çocuğu belinden sardı, kendine çekti, bedenine yapıştırdı biraz.

Düşmesin. Harekete geçivermesin, kalkmak için hamle yapmasın da. Parası var biraz cebinde. Biraz önceki bayiden kart almak için çıkarmıştı bir banknot. Ne verdiğine tekrar baktı. Hızla alacağı para üstünü hesapladı. Ne verecekti geriye. Yirmiden on beş çıktı, beş artar. Doğru vermiş. Onluk indirimli kart. Beş kez şehir merkezine gidip gelebilir. Oğlan küçük, almıyorlar daha. Seneye alırlar ama. Boy atarsa iyice bir. Neyse boy atsın da bakarız. Cızırdadı içi. Para ısınmıştı iyice paltonun cebinde. Önemli bir şey değil evet ama meydandaki fırına gidince, bu üzerinde önemli insanların resmi olan kâğıtları uzatınca, ekmek kurabiye ve daha birçok şeyi, börek hamurunu, reçelli tartları tezgâhın arkasındaki adamların saygıyla uzatmasına yarıyor. Ne isterse. Allah için güler yüzlü sevimli insanlar. Bir iki kez veresiye de vermişlerdi. Bu iyiliklerini takdir etti her zaman. Neyse hiçbir şeyin önemi yok. Neyin ne için yapıldığının yüzlerin neden gülüp neden somurttuğunun bir önemi yok ki bir yerden sonra. Çiçekler tam sulanamadı bile. Su taşıyan çocuklar neden yok olmuş olabilir, nedir bunun manası. Çantayı hissetti. Param var vereyim diyebilmeli insan. Kendi sesi bunu söylerken her zaman yankılanmalı içinde. Çantası ikinci el bir dükkândandı. Ama keyfine göre, şansa bak. Hiç arayıp yorulmadan çıkıvermişti karşısına. İrili ufaklı gözleri var. Az eski. Az yeni. Ucuz ya ona bak. Umduğundan daha iyi. Tokası biraz daha küçük olsaydı. Tersinden de takabilir neyse ki. Bazen de toka neşeyle gülümsüyor. Eskiden frapan severdi. Şimdi neden olmasın. Elli yaş ne ki aslına bakarsan. Çanta omzunda. Çok seviyor böyle özgür. Çantayı tak çık. Genç kızlar gibi. İçinde tarak pudra mendil para cüzdanı kimlik, torun için su dolu küçük bir pet şişe, anahtarlıkta takılı ev anahtarı. Daha ne olsun. Gelin hanım evde. Artık yüzü daha az üzgün. Yüzden bakılınca iyi. Ev de sapasağlam. Eşyalar oldukça yeni. Koltuklara örtü dikti bir hevesle. Her şey dikebilir gelin hanım. Annesi zamanında öğretmiş. İki gün makinanın tıkırtısı. Tıkır tıkır. Oldubitti. Bir dikti ki. Motor gibi. Çabuk oldu. Desenli. Kirlenmez kolayına. Yakıştı. Böyle söyledi ev sahibi. Ev sahibiymiş felaketten önce. Şimdi de ev sahibi. Olsun. Kendisi de ev sahibiydi. Şimdi değil. Olsun. Tercüme para ediyor. Hırvatçadan Boşnakçaya tercüme et götür kütüphane müdürüne. Bir bilgisayarları var ya evde. Oyun sohbet daktilo müzik sinema. Her şey için tek kocaman bir kafa. Savaştan önce yoktu bu. Gazete ve televizyon tamam ama bu sihirli kutucuk yeni girdi hayatına. Ama gazeteleri hışırdatarak, kâğıtları çevire çevire okumak başka. Onları hâlâ dişlerini birbirine vurduran bir coşkuyla okuyordu. Tramvay eski biraz. Sarstı. Sarsıntıyı çantayı içerdeki grafitti yazıları kapının açılıp kapanışını her durakta inen binen insanları doğrudan bedeninin içinde hissetti Zilha. Bir adam ayağını sürüyerek yürüdü gitti öne doğru. Yürümesi bacağının hareketleri ne kadar sahici. Kası eti hareketi hareketteki sevinci. Pantolonun ütü izini fark etti. Her şey eskiden gözlerinden kayarak geçip giderken şimdi bu iz mesela bastırarak geçiyor. Adamın parlayan gözleri bastırdı her şeyi bir an. Ütüsünü yapan biri var. İyi olsun da. Şükran duyacağı biri var demek. Binbir teşekkür. Bir soyluluk olsun. Ütü olsun. Boydan boya kusursuz bir iz olsun pantolonda. Mutluluk emaresi. Her şey belirsiz, buharlı, karışık olsa da bu belirgin. Hayatın akışı ütü izinden belli eder kendini. Adam zili çalınca kapı açılır ve elindeki paket alınır. Güzel bir söz işitilir. Neşeli bir replika. Ev ses verir. Neyse gitti o da. Adam indi, biz devam. Zilha ile torunu. Benzinlikten geçiyoruz. Duvardaki deliklere bakar mısın. Artık bir nişan, bir hatıra kabilinden. Her yerde barış var.

Barışın puslu havası. Bir kurşun sesiyle her an bozulabilirmiş gibi kuş barışı. Herkesin gönlünde uzun bir kış gömülü. Dışarısı bahar. Kuş barışıyla havalanabiliriz tekrar. Uçuşabiliriz. Parçalara ayrılabiliriz. Her dağa bir parçamız konulmuştur. İbrahimî bir seslenişle tek parça olup sesin sahibine doğru uçuveririz. Evler pamuk gibi dağılabilir. Zihni gelip gitti Zilha'nın. Tramvay durmuş yamulmuş mu. Yazılar iç içe geçer. Kat'i bir surette geçti o günler. Kesin bir gidişle geçip gitti. Cep telefonu öyle yaygın değildi ki. Mors alfabesini aşmış, cep telefonuna gelmiştik ki malum-u âliniz fırtına koptu. Zilha arayıp da kimseye haber veremezdi olanları. Olanlar geldi bastırdı basınç yaptı saç diplerine, acı biber sürülmüş gibi cızırtılar parazitler yaptı. Sonra olanlar geçti gitti hızla. Her şeyi süpürdü. Sular çekilince bir de baktı beyaz bir mermer azıcık yükselti yapmış. Topraktan bir isim yükselmiş siyah bir kalemle. Yer kabuğunun en göze çarpan Zilha'nın bir türlü gözünü alamadığı çıkıntısı. Meydana indiklerinde güneş batmak üzereydi. Camilerin minarelerinin belirginleştiği an. Çeşmenin suyu azalmış. Etrafı insanlarla dolu sebilin yine de. Çocuk çekiştirdi elinden kuşlara doğru. Kanepeye oturduklarında her yer pembe siyah bir karanlığa doğru gidiyordu. Zilha evde hazırladığı sandviçi çıkardı. Marul peynir domates sosu, ekmeğin kıvamı, mayası tuzu. Her bir lezzeti gizli bir şölenle ta kalbinden hissederek. Su içerken gözlerini yumdu. Açıverdi sonra. Su içerken masum bir ceylanın duyacağı tedirginliği ürkekliği duydu içinde elinde olmayarak. Başını dört bir yana çevirerek baktı. Her yana dönüyordu boynu. Bunu yapabiliyordu. Başını her yöne hızla çevirebilme yetisi taptaze duruyormuş baksana. Bu güvensizlik çemberiyle başı döndü, bir an geldi gitti o duygu, korkusuyla mest oldu, yumdu gözlerini, kendinden geçti. Çocuk hiç sakin durmaz mısın sen. Ayıldı. Peşine gitti oğlanın. Yolda gördüğü her bir insan tekini iç doluluğuyla hissediyordu. Yarayı, melhemi, kabuğu, kabuğun giderek küçülmesini, sinir ucunun içerde kalmasını, içe doğru kontrolsüzce akışı, gece yorgan değdikçe kabuğu kaldırışını duydu. Yaranın sesini. Kabuğun bir ucundan çıt diye kalkışını. Ellerini batan güneşe doğru uzattı avuç içlerine baktı. Sandalyelerini meydana dizmiş bir kafede oturan bir başka kadına kaydı gözleri. O da ellerine bakıyor dalgınca. Kahvesini beklerken el ayalarını dikkatle inceliyor. Birazdan gün batacak. El ayalarına bakıp ince bir etüt yapma saati mi bu. Ne saçma bu yaptığımız diye düşündü Zilha. Bir yandan da ne acayip çizgiler bunlar diyerekten, avuç içine dalmayı ihmal etmeden. Damarlar hiç görünmüyor. Varsa yoksa çizgiler. Kader uzun bir zamana yayılmış. Uzayıp gidiyor zaman. Toprak cinsi miyim ben, ateş mi, su mu. Çizgiler güçlükle birleşip sonlanıyor. Sonra kılcal çizgiler. İki avuç birbirinden farklı, her biri kendine göre anlamlı ve oylumlu. Parmaklarını hareket ettirdi. Hayat bu. Parmakların oynaması, eklemlerin bükülmesi. Tırnakların manikürlü olması. Tırnaklar biraz uzun ve muntazam olsun. "Ellerinden belli olur bir kadın". Önce ellere bakılır dünyanın neresine gitsen. Uzun uzun bakılır. Birbirlerine sarılıp duran iki genç geliyor. Tamam bahar. Tamam ileri gitmeyin. Böyle kalın. Bu kadarı hepimiz için yeterli. Böyle iyi. Arabaların tekerleklerinin yere sürtünmesini, arabalardan birinin içindeki adamın yavaşlamasını duydu. Gaza keyfince basar istediği zaman durur. Taksi şoförü. Parasını sayıyordu mutlulukla. Yaşamak mucizesini hakiki bir doğallıkla gerçekleştiriyordu. Sevgiyi hayreti hatta imrenmeyi hak edecek bir yüz ifadesi vardı. Bir yüzün böyle kendini gevşemeye bırakması her zaman özenilecek bir durumdur. Saysın tabii. Sonra hızla yeni bir işe koşsun. Gökyüzü dopdolu bugün kuşlarla bulutlarla çiçek tozlarıyla, havaya ait olan her şeyle. Uğursuz şeyler uçuşmuyor. Patlamıyor. Şu adam iyi yapmış, dükkânının önüne oturmuş çay içiyor. Bergamotludur. Tahminen değil kesinlikle. Kokusunu duyarak içtiği her halinden belli. İyi yaptın. Bütün ümitlerin solduğu, günün üzerimize devrildiği bu hüzün ve zeval vaktinde çok iyi bir iş yaptın. Sevdi adamın bu akşamüstü çay demleme azmini. Yoktan dirilişin işaretlerini veren her şey göz kamaştırıcıydı. Güneş her şeyi açıkça görmesine yetecek kadar ışık yolluyordu hâlâ. Tepeler ara sokaklar ev içleri şeffaflaşmıştı bu saatte. Durakta hem de ayakta kitap okuyan bir gence takıldı gözü. Sandviçinin geri kalanını sardığı peçeteyi açtı hemen ne yaptığını bilmeden. Arta kalan parçayı da yemeye koyuldu. Umutlanmıştı birden. Sonraki nesil çabuk toparlandı diye düşünerek bir çırpıda midesine indirdi yemeğini. Alla'emanet dedi içinden. Caddenin yeni çizilmiş bembeyaz çizgilerini seyretmeye koyuldu. Bir sigara yaktı. Bunu tüttürebilir bir süre. Eve gitmek için kuşları kovalayan torununun elinden sımsıkı kavramanın zamanıydı gerçi. Ama bu taze çizgiler onu büyülemiş gibiydi. Hak ettik bunu diye geçirdi içinden. Zaman içinde asılı kalma duygusuna zıt bir yeniden yerleşme hissi içini kapladı. Yanından geçen kadınların poşetleri hışırdadı. Hatırı sayılır bir alışveriş yapmışlar. Kararsızlık yüzünden alamadıkları takılardan konuşuyorlardı. Selam dedi hatta biri, Zilha'dan yana bakıp. Selam dedi Zilha, kadını bir yerlerden gözü ısırarak. Adamın biri kalkıyor yandaki kanepeden. Bu kalkış içten içe ilgilendirdi onu. Zilha bu adamın da ne yana yöneleceğini bilebiliyordu. Bunu bilmeyecek bir şey yok ki. Adam ayağa neden kalkacak, evin yolu uğruna. Yokuş yukarı. Aheste ve içini bastırarak. Yolda her şeyin anlamını sil baştan düşünerek. Batan güneşin batma ışıklarını emerek, birlikte batarak. Ayakta şimdi. Güle güle dedi içinden. Uğurladı birini daha. Ayaklarını sürüyerek fırına uğrarsın sen şimdi diye adamı için için yönlendirdi. Uğra, akşam sıcağını almadan geçme. Haftaya büyük bidonu al, susuz bırakma oraları, sakalık yapan çocuklar nereye gitmiş neden kaybolmuşlar ki ortalıktan.